コンサバター
幻の《ひまわり》は誰のもの

一色さゆり

幻冬舎文庫

CONSERVATOR
コンサバター
幻の《ひまわり》は誰のもの

contents

第一章

幻の《ひまわり》

CONSERVATOR

一九九〇年、ファン・ゴッホの没後百年を記念した回顧展がひらかれた。

アムステルダムのゴッホ美術館を皮切りに、パリのオルセー美術館、ロンドンのテート・ギャラリー、ニューヨーク近代美術館へと巡回する、当時としては珍しいワールドツアーが組まれ、他に立候補する美術館は異例の多さだった。

世界中から貴重な作品が集められ、ゴッホという天才芸術家の全貌を、空前絶後の規模で網羅する、これほど豪華なゴッホ展は最初で最後だろう、などの見出しで各紙を大々的に飾った。

しかし展覧会自体の桁《けた》外れな知名度とは対照的に、それを財政面で支えたスポンサーの名前を知る者は、決して多くなかった。展覧会カタログにも、彼の名前は最後のページに、他の協賛者とともに記されているに過ぎなかった。

ヘンリー・ウォルトン＝スミス——それが彼の名前である。

秘密主義な性格から、スミスはゴッホ美術館でのこけら落としも欠席した。

ゴッホ展に大金を投じたのは、社会的見返りを求めたためでも、キリスト教徒としての慈悲精神のためでもない。一堂に会したゴッホ作品を見てみたい、というテートの館長をはじめ世界中の人々の願いに、純粋に賛同したからだ。

そんなロマンティストな面のあるスミスは、だからこそ、投資先としては未知数な要素が多いアートの収集に夢中になっていた。

彼がゴッホ展を訪れたのは、年間の大半を過ごすロンドンでのプレ・オープニングがはじめてだった。プレ・オープニングは、選ばれしＶＩＰだけに通知される、いわば内覧会の内覧会である。

テムズ川畔に位置するテート・ギャラリーは、スミスにとってひそかな思索の場でもあった。元刑務所という土地の歴史も、アートが本質的に孕《はら》む二面性を象徴するようで、スミスは好意的に感じていた。

開幕の挨拶も辞退したため、スミスの到着は遅かった。彼の一番の目的は社交ではなかった。ゴッホが三十歳から亡くなる三十七歳までの短い制作期間で、魂を燃やすように描きつづけた作品群を、まとめて鑑賞することである。

会場を二巡し終えたとき、スミスは改めて、ゴッホがこの世に存在したという事実に感謝した。

鑑賞のあと、パーティ会場でスミスの周囲にはつねに人がいた。なかには、メディアを通じて日常的に目にする要人もいた。ひっきりなしに声をかけられるのに飽き、退出の意を秘書に伝えたときだった。

「素晴らしい展覧会ですね」

そう声をかけてきたのは、ブロンドの白人女性だった。

スミスは一度会った相手の顔を決して忘れない。見覚えはないが、この場にいるのだから、間接的な知り合いかもしれない。スミスは自己紹介もなく近づいてきたその女に、どこか興味を引かれ、こう答えた。

「館長たちをはじめ、優秀なスタッフに感謝しなければなりません」

「いえ、ここにいる全員が感謝すべきはあなたです、スミス様」

女性は丁寧だが感情のこもっていない口調でそう言った。

「失礼ですが、あなたは？」

「テート会場で展示されているゴッホ作品の一割は、あなたのコレクションからですね」

スミスの社交的な笑みが消えた。

質問を無視されたうえに、指摘された作品は、クレジットに「プライベート・コレクション」とのみ記されている。その所有者を、第三者が知る術《すべ》はない。作品を買うとき、スミスはほとんど公表しない。家族にさえ黙っている収集品も多々ある。

警戒心から、スミスはその場を立ち去ろうとした。

「お待ちください。いきなりのご無礼をお許しください。決して気分を害するつもりはありません。スミス様にご紹介したい作品があるのです」

「なんだって」

怪訝《けげん》になりつつ、ふり返る。

オークション会場でなら、こういうオファーはよくある。作品を落札するたび、素性の知れないディーラーが代理人に群がり、連絡先のメモを手渡してくる。しかし展覧会の会場で経験したことはなかった。しかも今日は、厳選された招待客しか集められていないはずだ。

「ゴッホがアルルで最初に描いたとされる《ひまわり》です」

スミスは一笑に付して言う。

「そりゃ、すごい。ずいぶんと前に個人コレクターの手に渡ったのち、今では存在するのかさえ分からない、幻の《ひまわり》だと言うのかね」

「左様でございます、スミス様」

女性は笑顔で答えた。

スミスはコレクターとなって、十年にも満たない。彼の収集品の規模と質は、名だたるコレクターのものとすでに遜色《そんしょく》なかったが、ひとえに彼の財力に依《よ》る成果だった。実力のある画商との、太いパイプのうえに成り立つものではない。

「本物という証拠は？」

相手はスミスに名刺を手渡した。ほとんど白紙に近いカードだった。唯一書かれているのは、電話番号だけである。名前も社名もない。

「こちらに、後日ご連絡ください」

一方的に言い残し、女性は去った。

スミスはなかば信じられない気持ちで、ゴッホの《ひまわり》のことを考えた。世界中に散らばったゴッホの名作のなかでも、もっとも多くの人に愛され、神聖視されている傑作が、本当に自分だけのものになるというのか。

1

ロンドン、ベイカー・ストリート駅からほど近い、リージェンツ・パークに隣接する交差点に一軒の賃貸住宅《フラット》がある。

一階はカフェになった背の高い建物で、奥行のある細長い間取りだ。カフェのテラス席脇のドアを開けると、正面に階段がつづく。ロンドンでは典型的な構造だが、二階に上がれば、あっと驚くような空間が待っている。

絵画や工芸品などがテーブルや壁に並べられ、中央の机では、修復士《コンサバター》のケント・スギモトが作品に向かっていた。

彼の助手である糸川晴香《いとかわはるか》は、ドアをノックして声をかける。

「戻りました」

イギリス人と日本人の血が流れているスギモトは、作品から顔を上げずに「おかえり」と言った。彼が修復をしているのは、イタリア・ルネサンスの巨匠ティツィアーノの絵画《バッカスとアリアドネ》である。机に平置きされたその大作は、この狭いフラットに運び込めるぎりぎりの大きさだ。

「ずいぶんと進みましたね」

買って来た画材や薬品を机のうえに置きながら、晴香は感心して言う。

「見事だろ？」

スギモトは得意げに言う。

「本当に。絵画もお手の物とは」

一口に修復士といっても扱える素材には専門があり、とくに絵画は絵画専門の修復士が行なう。しかしスギモトは、元勤務先である大英博物館で全ジャンルの文化遺物を幅広く扱っていたように、絵画のケアも完璧にこなしている。晴香は改めて、彼の非凡な能力を思い知らされている。

「絵画だからって、特別に構える必要はない。平らな支持体のうえに、油などの成分がのっかっているだけだよ」

修復士の仕事は、一般的に知られる以上に多岐にわたる。単に疵《きず》や汚れを除去するだけではなく、そのために作品の材料を分析し、真贋《しんがん》に関わる来歴を調査するなど、臨機応変に対応する。多くの能力や知識が求められるが、フリーとなったスギモトには、さまざまな仕事が舞い込んできていた。

美術品や骨董品の宝庫であるイギリスには、独立したコンサバターが生きていく土壌が整っている。時間の流れを止めない限り、あらゆる作品が修復を必要とし、一度はコンサバターの手に委ねられる運命にあるからだ。

「それにしても、ナショナル・ギャラリーから直々に依頼されるなんて、さすがスギモトさんですね」

「この名画はいわく付きだからな」

「なるほど」

ヴェネツィア派の傑作《バッカスとアリアドネ》は、失恋したアリアドネをバッカスが迎えに来るというギリシャ神話の一場面が描かれている。戦車から降り立ち、アリアドネと見つめ合うバッカスの周囲では、神々や生き物が戯《たわむ》れる。

同じイタリア・ルネサンスでも、遠近法に基づいた端正で素描的なフィレンツェやローマの絵画と異なり、ヴェネツィアの巨匠たちは、モチーフが流動し、溶け合うような色彩の情緒あふれる演出で、当時まだ主流ではなかった油彩の新境地を開拓した。

西洋美術史の宝ともいえる本作は、じつは一九六〇年代にかなりの物議を醸したことでも知られている。ナショナル・ギャラリー・ロンドンの修復士が、ワニスを除去する際に絵具まで剝落させてしまったからだ。

おかげで、ナショナル・ギャラリーは非難を浴びただけでなく、修復に対する考え方を根本的に問われた。修復士はどこまで作品を洗浄するのか、という激しい論争が業界で巻き起こり、その事件は今も引き合いに出される。

「騒動が起こってから、修復を必要とする一定のスパンを経た。もうしろ指をさされないためにも、新しく開かれた美術館をアピールすべく、外部のコンサバターの手に委ねることにしたんだろうな」

スギモトは言うが、晴香は内心、それだけじゃないですよね、と思った。

独立後、彼への依頼は絶えず、その多くが業界の女性ファンからのものだ。《バッカスとアリアドネ》を持ち込んだ女性キュレーターも、その一人だろう。その証拠に、作品の輸送で訪れたとき、二人のあいだにはなにかがありそうだった。

——独立したって聞いて、心配してたのよ。

——嬉しいな、美女に気にかけてもらえて。

——ケントったら。

スギモトは少年のようにおどけつつ、自分よりもひとまわり年上の彼女の懐に、すっかりおさまっていた。美しい女性を見れば口説かずにはいられないうえ、母性をくすぐるのが滅法うまい。彼のような天然モノのマダムキラーは、女性の多いこの業界で重宝されるのだろう。

「今日はもう店仕舞いとするか」

スギモトが欠伸《あくび》をしながら言い、晴香は「え」とふり返る。

「まだお昼前ですけど」

「疲れた。それに気分が乗らない。〈猫とバイオリン〉にでも行こうかな」

晴香に口を挟む余裕すら与えず、彼は片づけをはじめた。


二人が工房を構えるフラットから目と鼻の先にある〈猫とバイオリン〉は、伝統的な英国のパブである。煉瓦《れんが》造りに蔦《つた》の生い茂った外観で、店内は薄暗く、どこか退廃的なムードが漂う。中央にカウンターがあり、内側では店員がせわしなく働いている。

さすがに日中はお酒ではなく、パブ飯やお茶を目当てにした客が多いが、スギモトは躊躇《ちゅうちょ》なくビールを注文した。晴香はその傍らでカフェラテを頼む。二人は各々の飲み物を持ってテーブル席につく。寒くて暗い季節の貴重な娯楽、プレミアリーグの試合を店のテレビで観《み》ているスギモトに、晴香は声をかける。

「あの、スギモトさん」

「うん？」

「いいニュースです。今メールで新しい依頼がありましたよ。なんでも、市内の図書館からで、古い書籍の修復をしてほしいとかで――」

「断る」

試合から目を離さず、即答である。

「え？　いいんですか」

「もちろん、君がやりたいのなら引き受けてもらって構わないよ。俺の助手といっても同じコンサバターだから、遠慮することはない。それに紙の本なんだったら、君の専門じゃないか」

スギモトの言う通り、晴香は大英博物館で紙部門のコンサバターだった。実家はかつて和紙製造所であり、和紙に関する知識と技術を武器にしてキャリアを積んできた。薄くて丈夫な和紙は、古今東西の作品の修復に不可欠なのだ。

「でも図書館側は、スギモトさんの評判を聞いて依頼したそうですけど」

晴香が食い下がると、スギモトははじめてこちらを向いた。

「だから？」

「だから……その、やる気を出してもらえたら、嬉しいなって」

「やる気、か。君らしいな」

そう言って、彼はくすっと笑った。

たしかに晴香は、昔からやる気にだけは困ったことがない。だから周囲からも、真面目だとか努力家だとか言われる。しかし裏を返せば、不器用でがむしゃらなだけだ。一方で頭のいいスギモトは、基本的に気だるそうにしている。独立してからは、日に日にやる気を失っているようにさえ見える。

「でも今回だけじゃないですよね。依頼はたくさん来てるのに、興味がないとか、顧客がいけ好かないとか言って、どれも断ってくれの一点張り。このままじゃ、依頼も減るように思うんです」

「とはいえ、《バッカスとアリアドネ》は順調に修復してるだろ」

「その通りです。でも他の作品は？」

「なんでもかんでも依頼を引き受けていたら、いざ大きな仕事が舞い込んできたときに身動きがとれなくなる。春になって日も長くなってきたら、君の言うやる気を出すって約束するよ」

「春ですか……だいぶ先ですね」

晴香は窓の外を見る。

彼の言うことも、分からないではない。冬時間のロンドンでは、太陽も弱々しく低空飛行をつづけ、街の大部分が影で覆われる。しかも冷たい風が吹くうえに分厚い雲が居座り、小雨が止《や》まない。ぴんぴんしているのは、夜行性動物くらいだ。

とはいえ事務所を構えるに当たって、初期投資が嵩《かさ》んでいた。この仕事量では赤字は埋まらない。母方が貴族出身で金銭的に余裕のあるスギモトと違い、実家の和紙屋が倒産して苦労した経験のある晴香には、貧乏性が染みついている。

「分かりました。図書館の依頼は、私が引き受けますね」

「よろしく頼んだ」

スギモトは言い、ふたたび試合に視線を戻した。

フットボールを肴《さかな》に、他の常連客と冗談を交わしはじめる。

そんな様子を眺めながら、晴香は日本の友人たちとのやりとりを思い出す。

——博物館を辞めちゃって、本当に大丈夫なの？

苦労して手に入れた常勤職の座を蹴り、スギモトの専属助手になったのだから、その心配も当然である。この国では組織に囚《とら》われず、自分のやりたいことを優先してステップアップしていくことが普通だとはいえ、不安がないと言えば嘘になる。しかも同じフラットの上階に下宿しているので、彼とは四六時中一緒にいなければならない。

晴香はスギモトのことを信じている反面、彼がどういう人なのか、いまだによく分からなかった。適当かと思いきや、こだわりは強そうだ。腹の内でなにを考え、なにがしたいのかてんで摑めない。まさか本当に美女からの依頼以外、やる気がないんだったらどうしよう。

それでも、晴香はスギモトの仕事を間近で見ていたかった。

なぜなら根底的には彼を、また彼の才能を尊敬しているからだ。

スギモトの助手として一人前になること――。

それが当面の、晴香の目標だった。

まずは、彼の性格や思想を理解しよう。そのうえで、足りないところは自分が埋めればいいのだ。図書館の担当者にスマホで返信を打ちながら、目の前で楽しそうにしている彼を見ていると、私もビールを注文しちゃおうかなという気分になっていた。

2

夕暮れが迫り、フラットに戻ると、窓の外は少しずつオレンジ色に染まりはじめた。昼間は光の射《さ》す角度が違うけれど、沈みゆく夕日を見るたび、晴香は日本のことを思い出す。

呼び鈴が鳴ったので、一階に下りて行く。

ドアの向こうに立っていたのは、体格のいい黒いスーツ姿の白人男性だった。

「ミスター・スギモトはいらっしゃいますか」

表情をほとんど動かさず、男性は訊《たず》ねた。

「ええ、なにかご用ですか」

男性は答えず、通りの方をふり返った。

このときようやく、晴香はおもての通り沿いに、非日常的な高級車が停車していると気がついた。ボンネットの先端には、銀色の小さな女性像がついている。

すると運転席のドアが開いて、別の白人男性が現れた。同じく黒いスーツ姿で大柄な男性だった。彼はきびきびとした調子で、後部座席にまわってドアを開ける。ややあって降り立ったのは、高齢の白人男性だった。

七十代後半、いや、八十歳を超えるだろうか。背中は曲がり、杖をついている。小柄な老人だが、ただならぬオーラを感じるのは、警護を連れてロールスロイスから降りてきたせいか、この人自身の静かな迫力のせいか。

老人はゆっくりと歩み寄り、晴香に手を差し出した。

「ご機嫌よう。とつぜんお伺いして、申し訳ない。ミスター・スギモトにお会いできるだろうか」

丁寧で聞き取りやすい英語だった。イギリス人のようだ。

「ええ、助手の晴香と申します」

「ハルカさんだね、私はスミス。ヘンリー・ウォルトン＝スミスだ」

どこかで聞いたことのある名前だな、とどきどきしながら、晴香は握手に応じ、スミス氏をドアのなかに招き入れた。こちらです、と先に階段をのぼる。急勾配《こうばい》なので、杖で大丈夫かとふり返ると、スミスは言う。

「こう見えて、登山が趣味でね」

粋なおじいさんだ。

事務所になっている二階のドアを開けて、スギモトに声をかける。

「来客です」

ドアから現れたスミスを一目見たスギモトは、目を丸くした。

「君が、ミスター・スギモトだね？　私は――」

「存じ上げています、スミスさん」

「どこかで会ったかな」

「一方的にですが。大英博物館では、たびたびお世話になりました」

「それはけっこう」

スミスはしわだらけの顔を、さらにくしゃりとさせた。

その瞬間、晴香は合点《がてん》がいった。

スミスの名前を見かけたのは、大英博物館で展覧会の準備をしていたときだ。内部用のスポンサー・リストに、スミスの名前は必ずあった。しかもなぜか一般には非公開とされていたので、印象に残っている。

普通、文化事業に寄付をするスポンサーは、世間的なイメージアップが一番の目的であり、どんどんプレスに名を露出してほしいと希望する。それに対して、スミスは匿名で寄付をしていた。下心なく真に文化芸術を支援したいのだろう、と晴香をはじめ大英博物館のスタッフたちは感銘を受けていた。

スミスは事務所のなかを見回し、こう呟《つぶや》く。

「《バッカスとアリアドネ》か。久しぶりにお目にかかったが、ヴェネツィア派は私のもっとも好きな流派のひとつだよ。ナショナル・ギャラリーからの依頼だね」

「その通りです」

事務所にある作品について、スギモトとスミスが会話を弾ませているあいだに、晴香はお茶を淹《い》れに上の階へ向かった。ケトルで湯を沸かし、ティーカップを準備する。そのカップは、酔っ払ったスギモトが衝動買いしてきたジノリの高級品である。手渡されたときは「また無駄遣いなさったんですね」とぷりぷり怒ってしまったが、なるほど、こういうときに使うためだったのだな。

沸騰した湯でポットを温めてから、二人分の茶葉を入れる。茶葉に関しては、イギリスでは銘柄や値段よりも淹れ方が重視されるらしく、晴香はそれに従っている。茶葉を入れたポットに、手早くなみなみと湯を注ぐ。イギリスの紅茶が美味《おい》しいのは、渋みや苦みが溶けださない硬水だからだと聞いたことがあるが、本当のところは長い歴史のなかで、水の質に合わせて茶葉が改良されたからではないかと晴香は思う。

待つあいだに、スマホを取り出した。

新規の客が来たら、すぐに素性を調べるようにしている。今回はおそらく信頼できる客には違いないが、スギモトが独立したという噂を聞きつけて、事務所にやって来る客は玉石混淆《こんこう》だった。なかには盗品を持ち込み、知らぬ間にこちらを犯罪に巻き込む、いかがわしい輩《やから》もいる。美術館や博物館といった公的な施設ではなく、コレクターから直接依頼を受ける場合はとくに慎重に、その名前を検索するようにしていた。

――ヘンリー・ウォルトン＝スミス。一九四〇年、ロンドン郊外で中流階級の家庭に生まれる。一ポンドで購入した五本のコーラを一本三十ペンスで売るなど、幼い頃から投資の才覚を表す。十一歳で実際の投資をはじめ、大学在学中からシティ・オブ・ロンドンに出入りする。

三十歳になった頃には、世界でもっとも成功した投資家の名をほしいままにし、「イングランド銀行を支配する男」と呼ばれる。投資家として華々しい経歴を積む傍らで、九〇年代にはアフガニスタンの鉱山の採掘権を独占する企業のCEOに就任した。

それ以降、投資の世界から引退を宣言し、文化的な慈善事業に注力しはじめる。彼が立ち上げたメセナは、数ヶ国を拠点とする、巨大な財団ネットワークに発展した。これまでに費やした寄付金の総額は、イギリス通貨でゼロが十個はつくと言われる。またスミスは世界的なアートコレクターであり、とくにゴッホ作品の愛好家である。一九九〇年には、没後百年を記念して開催された回顧展にも協力した——。

「こりゃ、すごい人が来た」と、思わず呟く。ロンドンのみならず、世界的にも最重要なレベルに属する人が、このフラットに訪ねてきたことに、晴香の心臓は高鳴る。いったいどんな用件を持ちかけてくるのだろう。


「そろそろ本題に入ろうか」

テーブルに紅茶が並ぶのを待ったあと、スミスは言った。晴香は少し離れたスツールに腰を下ろす。黒いスーツの警護たちは、事務所の入口と階下の玄関で待機していた。フラットがこれほどの緊張感に包まれるとは。

「君のことは、知り合いのコレクターから話を聞いていてね」

スミスが名前を告げ、スギモトは肯《うなず》いた。

「信頼できる修復士だと褒めていたよ。それから、つい先日、新聞記事で君の名前を見かけた。ロンドン警視庁美術特捜班の民間顧問に就任した、とね。警察が頼るくらいの人材なんだったら、間違いないと思ってここに来た」

スギモトには、美術特捜班の刑事である従兄《いとこ》がいる――マクシミランだ。

美術特捜班はチーフである警部の他に、マクシミランを含む三人の刑事を擁するが、彼らは任務の特殊性から、民間の専門家を常時一人雇っている。それが「民間顧問」と呼ばれるポジションだ。長年民間顧問を務めていた考古学者が少し前に辞任したため、マクシミランは大英博物館を辞したスギモトをリクルートした。

ただし刑事の親族といっても、警察組織に簡単に受け入れられるわけがない。スギモトは研究実績をはじめ、さまざまな履歴書を準備し――晴香がほぼ手伝った――数回にわたって警察内部での審議や面接試験に呼び出された。その結果、つい先月「適任者」との判断を下されたのだった。

民間顧問になったことは、新聞やネット記事で広く報じられた。本格的な協力要請はまだ受けていないものの、マクシミランから近々事務所に案件を持って行くという連絡があったばかりだ。当のスギモトは「厄介なことになった」と面倒くさそうだが、おかげでスミスのようなコレクターの目にとまったのだ。

「お声がけいただいて光栄です。ご用件は？」

思わせぶりな笑みを浮かべて、スミスは答える。

「私には秘密のコレクションがあってね。家族や親しい友人にも内緒にしている、私だけの真のプライベート・コレクションだ。なかでも私にとって、もっとも大切で貴重な一枚を、近々世に公表しようと考えている。君にはその修復と、鑑定をお願いしたい。作品の価値を証明してくれないだろうか」

スギモトは肯いた。

「その作品とは？」

「絵画だよ。ただし、ただの絵画じゃない」

「当然です。どの作品も特別で、替えは利きませんから」

「いや、そうじゃない。依頼したいのは、ゴッホの《ひまわり》なのだ」

数秒、沈黙した。

「驚くのも当然」とスミスは白い顎鬚《あごひげ》をさわる。「私が言っているのは、君が思っている通りの、あの一点だよ。ゴッホがはじめて花瓶に活《い》けられた様子を描いた、幻と呼ばれる《ひまわり》だ」

「……まさか、あなたがお持ちだったんですか」

二人の会話を見守る晴香も、耳を疑っていた。

太陽のように燃える、花瓶からあふれる大輪の花。生命のエネルギーと盛衰の無常を同時に象徴する、ゴッホの代表作。とりわけ高く評価され、世界中の人々を魅了してきた名画中の名画――それが《ひまわり》だ。

しかし、連作として何枚存在するかを知る人は、さほど多くない。

ゴッホは生涯で計十一枚の《ひまわり》を描いたとされる。

そのうち一枚は、日本の芦屋で戦時中に焼失したものの、他は現在ニューヨークのメトロポリタン美術館をはじめ、世界中の美術館に散らばっている。もっとも代表的な《ひまわり》は、たった今スギモトがその所蔵品《バッカスとアリアドネ》を修復しているナショナル・ギャラリーに所蔵されている。

その十一枚のうち一枚だけ、存在することは知られていても、行方が分からなくなっている幻の《ひまわり》がある。

今では持ち主以外、誰もその在り処《か》を知る者はいないとされる。謎のヴェールに包まれた一枚。ほとんど忘れ去られ、実体のない影と化している。ゴッホ愛好家にとっては、遠くにその姿がちらついているのに決して近づけない、蜃気楼《しんきろう》のような夢だった。

その幻を、目の前の人物が独占していたというのか。

「いつ、どこで入手なさったんです」

真剣な表情で、スギモトは訊ねた。

「三十年ほど前だ」

スミスはカップを手に取りながら、淡々と答えた。

作品の来歴は明かされなかった。

スギモトは深追いせず、質問を重ねる。

「なぜナショナル・ギャラリーのような権威にご依頼されないのです」

スミスは壁に掛けられた《バッカスとアリアドネ》を一瞥《いちべつ》したあと、しゃがれた声でこう答えた。

「金融市場を支配しているのは、数字ではなくて人の心理だ。優良な株でも、必ず値段が高くなるわけじゃない。ときに欲や嫉妬が作用し、対象そのものの価値は無視される。それを防ぐには、しかるべき場所と人の手で、真価を確かめることが重要だ」

「だからフリーになってまもない私のもとにいらしたわけですね」

スミスは肯き、こうつづける。

「たとえば、ナショナル・ギャラリーは世界でもっとも人気のある《ひまわり》の所蔵館だね。もし幻の《ひまわり》が、同じ英国内で発見されたとなれば、不愉快に思う者もいるだろう。逆に利用しようとする魑魅魍魎《ちみもうりょう》が群がるかもしれない。あの作品は価値が定まっていない以上、非常に繊細で大事な時期にある。私はゴッホの真筆だと確信しているが、それを裏付けるのは、君のような専門家の意見でしかない。それなのに、適切でない専門家に作品を持っていけば、誤ったレッテルを貼られかねない。なにより私は組織というものを信頼していないのだよ」

「なるほど、理解しました」とスギモトは肯いた。「ただ、もうひとつ質問をしてもいいでしょうか」

スミスは眉毛を上げた。

「あなたが幻の《ひまわり》を買ったのは、三十年ほど前だとおっしゃいましたね。そのあいだ、ずっと手元に置いて、存在さえ公表しなかったのに、どうして今になって発表をなさるんです」

そう訊ねるスギモトを見ながら、それにしても、と晴香は思う。〈猫とバイオリン〉でプレミアリーグを観ながら、無邪気にはしゃいでいた男とは別人である。あのとき言っていた「大きな仕事」とは、これだったのか。

スミスはしばらく無言でスギモトを眺めたあと、少し声を小さくして「君を信頼して、本する？」


当のことを話そう」と言った。

「なぜ人はアートを買うと思う？　なぜ私財をなげうってでも、高額な作品に手を出そうとする？」

スミスに問われ、スギモトは無言で見返す。

「自分がその作品を持っていたという事実で、存在理由を証明するためだよ。生きた証を未来に残したいのだ。なぜなら芸術は、この世で唯一永遠に残るものだからね。金も会社もインフラも人の記憶も移ろいゆく。しかし芸術品だけは、ヴィレンドルフのヴィーナス像やラスコーの壁画のように、何千年、いや、何万年経《た》っても、人の存在を証明しつづける。そうした不滅のものを守る、君のような修復士なら分かってもらえるだろう。私は死ぬ前に、自分が素晴らしい芸術品を所有し、さらに世に知らしめた、という事実によって名を残したいのだ」

「意外です」

「そうかね？」

「今まであなたは、匿名で寄付をなさってきたから」

スミスはほほ笑み、口調を和らげる。

「老いというのは、人を変えるものだ。君も年をとれば、いつか理解するだろう。それに今ほど、文化芸術が必要とされる時代はないと思わないかね？　幻の《ひまわり》の公開は、私の人生で最後にして最大の慈善活動なのだよ」

初対面ながら、スミスが胸襟を開いているのが伝わった。

「事情は分かりました。全力を尽くしましょう」

スギモトは真険なまなざしで肯いた。

「それはよかった」

「ただし、条件があります。私もこの事務所を独立させて、まだ一年も経っていない状況です。今回の調査は、ある意味で、事務所の行く末を占う、重要な仕事になるに違いありません。もし本当にゴッホの描いた《ひまわり》だと結論付けられた場合、論文として公に広く発表することを許可していただけますか？　ちなみに、ここにいる助手も共著で」

スミスは「よかろう」と言い、立ち上がってスギモトに握手を求めた。「追って、私の秘書が君に連絡する。うちにある作品を見に来る段取りを決めてくれ。それから報酬についてだが、言い値を秘書に伝えてくれ。すべて終わったら、その額を振り込もう」

＊

「おいおい、こりゃマジですごいことになったぞ！」

スミスとその警護たちが事務所を去ったあと、スギモトは緊張の糸が切れたのか、事務所を右往左往しはじめた。

「とととりあえず、落ち着きましょう」

「君こそ落ち着いたらどうだ」

「だってロールスロイスに乗ってましたよ、ロールスロイス」

「君が言うと、ロールケーキの一種みたいに聞こえるな」

「失礼な！　どうせスギモトさんと違って、私は節約が趣味のザ・平民ですけどね。ていうか言い値でいいって最後に言ってましたよね、いくらになさるつもりです……って、なにしてるんですか」

スギモトが意気揚々とスマホを操作しているので、画面を覗《のぞ》く。

「もしや、オンラインの馬券屋？」

「前祝いに大穴一点賭けだ！」

スマホを奪うと、彼はとんでもない金額を積んでいた。

「お願いですから、絶対にやめてください。まだ正式に修復を任されたわけじゃないし、量で言えば、絵画一点だけです。そんな賭け金を補う余裕は、この事務所にありませんよ」

「馬鹿だな、スミスからは言い値でいいって言われたんだぞ」

　呆れ口調で言われ、余計に腹が立つ。

　馬鹿はそっちではないか。

「そうは言っても、今後も関係をつづけるなら、良心的な金額にしておかないと。それに後払いだから、作品が贋物だった場合、スミスさんの気前のよさも、今だけかもしれませんよ」

「君は本当に真面目だよな。そんなの、関係ないって。だって俺たちが本物だって言えば、本物になるんだぞ」

「まさか、虚偽の鑑定を？」

「そうすれば、双方ウィン・ウィンで、俺たちもスミスからまた仕事をもらえる。スミスはイギリスでも有数のコレクターだ。味方につければ怖いもんなし。調査なんて適当にやりゃいいさ」

　晴香は絶句した。

　この人、お金に目が眩んでいる？　それとも、ただのジョーク？

　晴香はある程度ジョークが通じるつもりでいたが、このジョークはいただけない。せっかくスミスのような客から依頼があって、やっとやる気を出してくれたのかと思いきや、安易に手抜きをすると言い出すなんて。

大英博物館を辞する前に行なった、北斎の《神奈川沖浪裏》の鑑定では、修復士としてのプライドを見せつける、鮮やかな推理を披露したのに。というか、本質的には手抜きというか、適当な方が彼の真の姿であって、あの一件のときは仮面をかぶっていただけなのだろうか。

たしかにあの一件には、彼が今も一途に惚れている元カノの美女、アンジェラが絡んでいた。彼女にカッコいいところを見せようと、珍しく一生懸命に頑張っていただけだったのかもしれない。呆れてものを言えなくなった晴香は、あることを閃《ひらめ》いた。

「そうだ！」

「なんだ、急に」

「とにかくスギモトさん、スミス氏からの依頼は、この事務所をこれから長く続けられるかどうかの、重要なポイントです。虚偽の証明なんかしちゃあ、いずれバレるから絶対に駄目ですよ」

「はいはい」

二回「はい」を言うとき、彼は人の話を聞いていない。とつぜん舞い込むことになった大金の使い道を考えるのに忙しいようだ。晴香はスマホを手に取り、あの人にメールを打ちはじめた。

3

翌日、スミスの秘書からとある住所がメールで送られてきた。スミスのコレクションが保管されている倉庫の住所だという。晴香はスギモトが調子にのって大損してしまう前に、さっそく訪問のアポをとった。

「おかしいですね」

その住所の前に立って、晴香は言う。

「どうしてだ」

「だってここ、どう見ても倉庫じゃないですよ」

目の前にあるのは、ロンドンでも一二を争う、王室御用達の高級ホテルだった。事前にアプリで住所を調べていたので、ホテルに隣接することは確認していた。しかし実際に訪れると、ホテルの敷地はその住所までつづいている。

「ここで正しいよ。レジデンスを倉庫として使ってるんだろう」

晴香はぽかんと口を開けた。

「となりの建物は、一般的には知られていないけれど、ホテルが経営する安全性の高いプライベートのレジデンスで、セレブが大勢暮らしている。たぶんスミスも居住者で、目の届く範囲に作品を保管すべく、住居とは別の一室を借りてるんじゃないか」

狼狽《うろた》えながら、晴香は訊ねる。

「でもレジデンスとはいえ、ホテルと同じくらい、いえ、たぶんそれ以上に高額なわけですよね？」

「そりゃそうだ。でも金がかかることを別にすれば、秘密主義のコレクターにとっちゃ、究極に安全な倉庫なんだよ」

「なぜです」

「一度入れば分かる」

スギモトは出入りした経験があるのか、ホテルの玄関口を素通りして、敷地の裏手へとまわった。すると警備員のいる別のゲートがあり、その前に身なりのいい白人男性が立っていた。

「あなた方が、修復士のお二人ですね」

男性は礼儀正しくお辞儀をすると、「はじめまして、私はスミスの美術収集に特化した秘書のアーサーです。お二人を倉庫に案内するように仰せつかっています」と言った。

アーサーのあとについて、晴香とスギモトはゲートをくぐる。ロータリーになった入口には高級車がずらりと並ぶが、住人や従業員はいない。アーサーはカードキーをかざして自動ドアを開けた。すると正面のコンシェルジュが、いっせいにこちらを見る。

晴香はその瞬間、しまった、と内心叫んだ。

まさかこんな「倉庫」に案内されると思わず、いつも通り、よれよれの普段着で来てしまったではないか。となりのスギモトを見ると、シャツやズボンも普段と変わらずカジュアルで、高級ホテル向きではない。

目が合って、スギモトは「なんだよ」と言う。

「場違いじゃないですか、私たち」

晴香が囁《ささや》くと、彼は「修復をしに来たんだ、なんの問題がある？　堂々としてりゃいいんだよ」と涼しい顔で答えた。

コンシェルジュの前を通過して、アーサーはエレベーターに乗り込む。エレベーターの内部にはボタンの類《たぐい》が一切なかったが、箱は自《おの》ずと閉じて上昇する。なるほど、人によって足を踏み入れられるエリアは限られるのか。

エレベーターのドアが開いた。

花の香りがして、アロマか香水かと思ったが、目の前に生花が縦横一メートル以上のボリュームで絢爛《けんらん》に活けられていた。その向こうには窓越しに、ロンドンの街並みを見下ろせる。

緑深い公園にそびえるのは、なんとバッキンガム宮殿だった。

内装に関しては、上品なホテルの廊下とさして変わらないが、清掃員も含めて誰一人いないうえ、自らの呼吸が聞こえるほど静かだった。床はふかふかの絨毯《じゅうたん》が敷かれ、雲の上を歩いているような心地がする。

「でもスギモトさん、究極に安全な倉庫だって言いましたけど、ホテルの従業員に扮装すれば、誰だって侵入できるんじゃ」

晴香は小声で訊ねる。

「そのへんのビジネスホテルと一緒にするな。こういう老舗《しにせ》ホテルのプライベートな上階は、王室の宮殿と同じで、厳選された少人数のスタッフしか入れない。それに、天井を見てみろ」

各所に監視カメラが設置されていた。

「たとえ苦労してセキュリティをかいくぐり、この階に辿《たど》り着いたとしても、さらに部屋に入るなんて神業に等しい」

スギモトの視線の先を追うと、アーサーが最初のドアで立ち止まっていた。彼は腰をかがめて、脇にあるセンサーに顔を近づける。ドアを開けてから、アーサーはこちらをふり返った。

「網膜スキャンです。この部屋は、スミスがホテルの経営者にかけ合って、特別に改装させた倉庫なのです」

だろ、とスギモトは表情で言う。

富裕層がよく利用するフリーポートの倉庫も、同じように厳重なセキュリティが敷かれているが、美術商やコレクターと鉢合わせをしたり、どこかから情報が漏れたりする危険がある。またフリーポートは関税がかからないので、輸送や転売を前提とした作品の管理には適しているが、ただ隠し持っておくだけなら、ここの方が匿名性は守られるうえに、好きなときに作品を見られる。

晴香は肯き、あとにつづいた。

薄暗い空間が待っていた。目が慣れてくると、ベイカー・ストリートのフラットの何倍もある広さだと分かった。開放感を演出するはずの大きくとられた窓は、作品を外光から守るためだろう、重厚な遮光カーテンに覆われている。壁際には、作品らしき箱が整列しており、額縁のまま置かれている絵画もあった。

「事前に、例の作品はお出ししておきました」

空間の中央には、局所的に照明を当てられたイーゼルがあった。

布の掛けられた、長方形のなにかがある。

アーサーはイーゼルに近づき、布を取り払った。

アール・デコ調の額に縁どられた、一点の絵画が現れた。

――ひまわりは僕のもの。

ゴッホはかつてそう宣言した。彼の葬式では、棺のうえにひまわりの花が飾られ、また死の直後、彼は「ひまわりの画家」として有名になった。つまり《ひまわり》の連作はゴッホにとって象徴的な作品だといえる。

計十一枚描かれたうち、前半の四枚は、机上に直接花を置いた状態で、後半の七枚は、花瓶に活けて描いた。美術史上最重要な作品群とされるのは、一八八八年から一八八九年のあいだに完成された、後半の七枚だ。

一般的に、後半の七枚はふたつのグループに分けられる。一八八八年八月にたった一週間で集中的に描かれた四枚と、一八八九年一月にゴッホ自身が過去の《ひまわり》を複製した、本人によるレプリカの三枚だ。

目の前にある《ひまわり》が、本当にゴッホの手になる作品だとすれば。

前者のグループ――一週間で描かれた四枚のうちの一枚、ということだ。

一八八八年八月に描かれた四枚の《ひまわり》のうち、一枚はナショナル・ギャラリー・ロンドンに、一枚はミュンヘンのノイエ・ピナコテークに所蔵され、一枚は一九四五年、第二次世界大戦中に空襲を受けて日本で焼失した。あとの一枚が「幻」と呼ばれるものだ。

したがって、もしこれが正真正銘ゴッホの《ひまわり》だとすれば、ゴッホ研究に多大なる寄与をもたらすだけでなく、世界中の人々から愛される名画シリーズの、最重要作品の新発見ということになる。

しかし、これがゴッホの真筆かどうか、という問題を晴香は気がつくと忘れていた。渦のように塗り重ねられた鮮やかな筆致が、見えない触手となって伸び、晴香の心にまで届いてきたからだ。

流星のように短いキャリアのなかでゴッホが残した作品が、これほどまで世界の人々に愛されるのは、人々の心に触れる、という比類ない描き方を彼が発明したからだろう。それこそが死後も多くの芸術家に希望と畏怖を抱かせつづける理由ではないだろうか。

画面では、ブルーともグリーンとも捉えられる明るい色を背景に、壺型の花瓶に三輪のひまわりが挿されている。ナショナル・ギャラリーの《ひまわり》と同様、生命力に満ちあふれた黄色に、ぱっと目を引かれる。

だが、よく見ると、そのうちの一輪は盛りを過ぎ、もう一輪はすべての花びらを落として種を宿している。花瓶に活けられた三つの大輪は、異なるライフステージをぐるぐると輪廻《りんね》のようにくり返し、見る者の視線を誘導する。

そうした栄枯を表す静物画は、骸骨などのモチーフで知られる、伝統的な十七世紀のオランダ絵画技法ヴァニタスにも通ずる。

また背後からライトで照らされているのではないかと錯覚するほど、作品は光を帯びていた。色同士が豊かに響き合う構図と、当時改良が進められていたチューブ状の鮮やかな絵具によって、実現した眩《まばゆ》さだ。

世間には一応、幻の《ひまわり》の画像が出回っている。ここに来るまで、晴香は画集やインターネットに上がっている画像を、ひと通り確認していた。しかし厄介にも、撮影者はいずれも不明だった。

おおよそ構図は同じだが、よく見ると、明らかにそれっぽく描いているだけの画像も数多《あまた》ある。つまり二人がとりかかろうとしている仕事は、さまざまな障害に阻まれた難題を解くようなものだった。

専門家をはじめ、世界のゴッホ愛好家は、きっと長く行方不明だった《ひまわり》の出現を懐疑的に捉えるだろう。たとえその持ち主が、世界的コレクターの一人だとしても、ゴッホの真作だと手放しで迎え入れる人は少数に違いない。彼らに反論の余地を与えない強固な説得材料を準備しなければ、すぐに覆される。

「どうやって進めますか」

アーサーが見守るなか、晴香はスギモトに訊ねた。

「まずは、ゴッホの手記や手紙から、確実に分かっている情報を整理して、ここにある《ひまわり》と比較する。それから少量のサンプルを採取、分析して、連作のなかでもっとも代表的で描かれた時期も近い、ナショナル・ギャラリーの《ひまわり》の調査結果と比べよう」

晴香は肯きながら、スギモトがやる気を出している、という状況に内心安堵していた。スミスから依頼を受けたあとと比べて、間違いなく天才修復士としてのスイッチが入っている。彼はいつも本物を見たときの直感を重視し、その直感はだいたい当たっている。この作品の真贋はまだ分からないが、少なくとも特別な力があると判断されたようだ。

4

絵画の真贋をめぐって、もっとも重要な手がかりとなるのは、画家たちが残した手記や手紙だった。作品のサイズだけでなく、使用した画材や描き進めた手順が記録され、科学分析の指標となるからだ。しかも《ひまわり》に関して言えば、完成後百年少々しか経っていないうえ、ゴッホは手紙魔とも呼べるほどの書簡を残している。調査の第一にあるのは、そのひもときだった。

「重要そうな箇所に付箋を貼ってみました」

晴香は方々の美術館や研究機関をまわり、ベイカー・ストリートの事務所にありったけの資料やそのコピーを準備した。

「一般的に、ゴッホはアルルの家で、ゴーギャンのために《ひまわり》の連作を描いたと言われていますよね。画家同士が友情を育《はぐく》み、切磋《せっさ》琢磨《たくま》しながら、ともに数々の名作を残したなんて素敵ですね」

「俺はそうは思わないけどね」

「どうしてです？」

「ゴーギャンとの共同生活が三ヶ月で破綻《はたん》したせいで、ゴッホは自らの耳を切ったんだぞ？」

「たしかにそう言われれば……たった三ヶ月のうちに、《ひまわり》のような幸福感に満ちあふれた明るい絵を描いていた画家が、自分の耳を切ってしまう精神状態に陥ったわけですもんね」

「ちなみにゴーギャンは、ゴッホよりも五歳年上で、当時若い画家たちのあいだではカリスマ的な論客だった。そんなゴーギャンから、ゴッホは自分が以前に描いた《ひまわり》をパリで褒められる。それまでの人生、仕事も恋愛も失敗つづきだったゴッホは、そのことがあまりに嬉しくて、弟のテオに頼み込み、アルルでのゴーギャンとの共同生活を計画した。先に赴いたアルルで憧れの画家を待ちながら、彼を喜ばせようと期待に胸を膨らませて描いたのが、一八八八年の四枚の《ひまわり》だよ」

「なるほど。ゴッホにとって『ひまわり』は、ゴーギャンに向けて咲いた花だったんですね。しかもスミスの《ひまわり》は、記念すべき一枚目。当時の手記を確認すると……あ、ここが重要そうですよ。ゴッホが自分の《ひまわり》に言及しています」

晴香はマーカーで「一枚目は、明るいエメラルドグリーンの背景に、緑色の花瓶に入った三輪の大きな花を描いた」という箇所に線を引っ張る。

「別の手記によると、ゴッホはひとつの画布を割いて、同時に四枚の《ひまわり》を描いたらしい。当時の画材屋では、木枠に張られ、地塗りまで施されたキャンバスが販売されていたけれど、ゴッホのようなお金のない画家たちは、亜麻布をまとめ買いして、好みのサイズにカットして用いていた。だから布地の密度を決める生地一インチ四方の糸の打ち込み本数《スレッドカウント》と繊維質を調べて、ナショナル・ギャラリーの《ひまわり》と同じであれば、ゴッホの真筆である可能性が一気に高まる」

分析の方針が見えてきた。

それから数ヶ月、二人はレジデンスに通いながら、ほぼ休みなく《ひまわり》の修復に取り組んだ。

スミスの《ひまわり》の保存状態は、決して悪くなかった。長らく行方不明だった作品のなかには、外気に晒《さら》された倉庫で埃《ほこり》をかぶり、ひどい状態で発見されるものもある。しかし本作は、スミスが所在地の漏洩を恐れて「倉庫」に仕舞い込み、行き届いた保存環境を維持していたこともあり、奇跡的にきれいだった。

とはいえ、油画の修復には長い工程がある。油画は支持体であるキャンバス上に、いくつかの絵具の層が塗り重ねられているという構造だ。浮き上がっている絵具層を接着させ、表面にあるワニス層の洗浄を行なう。

ワニス層には埃や塵《ちり》、虫の分泌物が付着するだけでなく、ワニス自体が劣化して黄変するので、溶解や削りで除去しなければならない。溶剤の決定や除去作業は、《バッカスとアリアドネ》の事例からも分かるように、コンサバターの修復に対する考え方や技術が問われる。

さらにキャンバスを張っているストレッチャーや裏打ちの板の伸縮によって、画面全体が変形している場合は、その修正も行なう。他にも、防黴《ぼうかび》や殺菌、額装のケアなど、途方もなく長い工程が待っている。

プロの仕事は、第一に概観のイメージを変えないこと、第二に修復処置がのちに確認できること、第三にいくら手を加えても以前の状態にいつでも戻せること、という三大原則に基づいている。

また顔料や媒体の分析も行なわねばならない。正常光、X線、紫外線蛍光、赤外線、顕微鏡接写といった特殊な撮影は、修復に用いる顔料を決定するだけでなく、真贋の判断にも役に立つ。

二人はサンプルを採取し、専門の研究所で検査にかけた。

晴香は検査結果と史実を整理し、疑問点をスギモトにぶつけ、スギモトはそのひとつひとつに答えた。不明瞭な点については、徹底的に議論した。次第に見えてきたのは、ナショナル・ギャラリーの《ひまわり》に、驚くほど近いという事実だった。

スミスの《ひまわり》はゴッホの真作であるという確信が深まってきた頃、フラットに来客があった。呼び鈴が鳴ったので、玄関口まで出て行くと、立っていたのはマクシミランだった。スギモトにとって少し年上の従兄マクシミランは、ロンドン警視庁美術特捜班に属する刑事である。

「やぁ、久しぶり」

「ご無沙汰しています。どうぞ、なかに」

晴香は先に階段をのぼりながら、「すみません、スギモトさんは先日修復を終えた絵画の件で、ナショナル・ギャラリーへ打ち合わせに出かけているんです。そろそろ帰ってくると思いますが」と説明する。

「大丈夫、僕も早く来たから」

「三階のリビングで、お茶かコーヒーでも？」

「そうさせてもらおうかな」

晴香はキッチンに立って、マクシミランの希望したコーヒーの準備をする。

すると彼が傍らにやって来て、紙袋を手渡した。

「忘れないうちに、お土産」

「ありがとうございます！」

「ハーグに出張してたんだ。チョコレートだよ、よかったら二人でどうぞ」

「ハーグって、以前も行ってましたよね？」

「欧州刑事警察機構《ユーロポール》に用事があってね」

彼はロンドン警視庁の刑事だが、美術品をめぐる事件の多くが国境をまたぐ犯罪なので、他国の警察組織と頻繁に連携しなければならないのだろう。

「いい匂いがする」

マクシミランがオーブンの方を見たので、晴香は「あれです」とカウンターに置いてある皿を指す。

「さっきパンを焼いていたんです。今日はちょうど作業の谷間で、お休みなので。ちぎりパンです」

「なにそれ、チギリ？」

イギリス人であるマクシミランに、晴香は説明を加える。

「日本人の知恵で、いろんな味を楽しめる、ちぎって食べるパンです。よかったら、コーヒーと一緒に焼き立てを召し上がりますか」

「せっかくだから、もらおうかな。誰かが焼いたパンなんていつぶりだろう」

「お口に合わないかもしれませんが、毒ではないので」

マクシミランは声を上げて笑った。

「誰も毒だなんて思わないよ」

ちぎりパンのレシピは、祖母から教わった。イギリスに来てすぐの頃は、小麦粉やベーキングパウダーの配合がうまくいかずに四苦八苦したが、今ではそこそこの配合に辿り着いている。味付けに使ったバジルも、屋上の家庭菜園で育てたものだ。マクシミランはキッチンで手を洗ったあと、テーブルについた。

「料理が好きなんだっけ」

コーヒーとちぎりパンを口に運びながら、彼は訊ねた。

「ストレス解消法なんです。とくにイギリスに来てからは」

「料理がストレス解消法だなんて素晴らしいね。そういえば、ケントが最近ちょっと丸くなったのはそのせいか。見た目だけじゃなくて、ギャンブルで失敗したって話も聞かなくなったし」

相槌を打ちながら、なぜこの人と話すのは楽なのだろう、と晴香は考える。たとえばスギモトには「結論が見えない」と一蹴されそうな話でも、マクシミランなら耳を傾けてくれるうえ、こちらが欲しい感想をくれそうだ。波長が合うというより、お互いの立場がスギモトを介したもので、ほどよい距離にあるせいかもしれない。

彼はテーブルのうえに置いてあった書類に視線をやると、こう訊ねた。

「《ひまわり》?」

晴香はためらいつつ、スギモトが協力する警察官として、彼を信頼して答えることにした。

「はい、ゴッホの《ひまわり》です。最近舞い込んだ、大きな案件なんです。ナショナル・ギャラリーの所蔵品に匹敵する、とても価値のある作品かもしれなくて、その修復と真贋調査をしています。大きな仕事なので、スギモトさんも珍しく真剣で」

「へぇ、《ひまわり》って連作だったんだ？」

晴香は持ち主の情報などは伏せて、計十一枚ある《ひまわり》について説明した。マクシミランは美術特捜班に属する刑事だが、経歴は元軍人で、美術には不案内だ。たとえ専門家であっても作品の価値を誤認することは珍しくない。だからこそ騙《だま》し合いや詐欺行為が絶えない業界で捜査をするのに、従弟《いとこ》の特殊能力を頼りたいのだろう。

やがて階下から音がした。

部屋に入って来たスギモトは、マクシミランを見るなり眉をひそめる。

「なんで、もういるんだよ」

「なんでって、前の用事が早く終わったから。今、彼女からパンをもらってたんだ。なんだっけ、ああ、ニギリ・パン」

「ちぎりパンです」

「ニギリだかチギリだか知らないが、こいつを餌付けしてどうする気だ」

「餌付けなんて、ひどい言い様ですね。スギモトさんの帰りが遅いから、お相手してただけじゃないですか」

するとスギモトは大袈裟に時計を指して見せた。

「俺は時間通りに帰って来た。一分も遅れてない。まったく、刑事の仕事ってそんなに暇なのか」

彼はぶつぶつと呟きながら、ソファにどかりと腰を下ろす。

「それで、話って？」

「美術特捜班の刑事として、君たちに原産国や由来の見定め、それから修復をお願いしたい作品があるんだが、引き受けてくれるだろうか」

そう言って、マクシミランはテーブルにファイルを並べた。カラーチャートと物差し入りで作品を撮影した画像と、簡単なディスクリプションがついている。スギモトはその資料を一目見ると、すぐに機嫌を直してこう呟いた。

「金銅製の王冠か、アフガニスタンだな」

「ずいぶんと細かに切り出された金細工ですね。立ち飾りや歩揺《ほよう》のモチーフは樹木と花でしょうか」

「ああ、扶桑《ふそう》に違いない」

扶桑とはハイビスカスの別名だが、東洋では古来、豊穣や再生、永遠の象徴として、仏教や神仙思想にたびたび登場してきた。時の権力者の装飾品または副葬品だったこの冠に、ふさわしいモチーフとして使用されたのだろう。

「いやはや、やっぱり専門家に訊《き》くと早いな」

感心しているマクシミランの傍らで、晴香はスギモトに訊ねる。

「でもどうしてすぐにアフガニスタンだと？」

「アフガニスタンの遺跡、ティリヤ・テペにあるものと酷似してるからだよ。こういう特徴の冠はアジアの各地で発見されていて、たとえば日本でも奈良県の藤ノ木古墳でほぼ同じものが出土している。でも元を辿れば、すべてアフガニスタンを経由して伝来したものなんだ」

「日本とアフガニスタンには、古くからそんな文化的つながりがあったのか」

マクシミランは驚いたように言う。

「地理的には離れていても、両国はシルクロードの直線上にあるからな。たとえば、日本の仁王像は、シルクロードが存在したからこそ、ギリシャで生まれたヘラクレス像の影響を受けてつくられた。終着点とされる正倉院には、今もたくさんのアフガニスタンの至宝が守られているんだよ」

他にも、マクシミランの持ってきた資料のほとんどが、アフガニスタンをはじめ、中央アジア地域の文化遺物だった。いずれもユーラシア大陸から日本に及ぶ東西交渉史を証明する、貴重な研究資料になりそうだ。しばらく書類に目を通し、スギモトが引き受けると答えたあと、マクシミランは腕時計を見た。

「詳しい資料は、メールで送るよ」

「分かった。落ち着いたらはじめるけど、今は別件で手一杯だ」

「さっきハルカさんから聞いたよ。スケジュールはこっちが合わせる。ところで、ケント、これから時間ある？」

「これから？　なんだよ」

マクシミランはこちらを見て、

「ケントを少し借りてもいい？」

と意味ありげに訊ねた。

「はい、もちろん」

マクシミランは「ニギリ・パン」の礼を告げると、スギモトを連れてフラットを出て行った。

5

《ひまわり》の修復作業が終わりに近づいた頃、一点だけ、ベイカー・ストリートの事務所にある専門機材を用いなければ、どうしてもクリアできない問題にぶつかった。画面右側、広範囲に薄い影のような染みがあり、その除去に適した溶剤を判断するのには、特殊なテストが必要になったのだ。

アーサーに相談すると、スミスは意外にも許可をした。

「染みをそのままにするという選択肢もありますが」

さすがのスギモトも、躊躇している様子だ。

「その染みについては、スミスも以前から気になっていたようで、短期間で解決できるなら、直してほしいと申しています。スミスは今回の修復作業を、あなた方プロのご判断に任せていますので」

「本当に大丈夫でしょうか」

「でしたら、専属の警備員を一名派遣します。ただ、当方はそこまで用心せずとも大丈夫だと考えています。もちろん、お心遣いには感謝しますが、《ひまわり》のことはあなた方以外、まだ誰にも明かしておりません。持ち主や所在地はおろか、存在さえも知られていないのです。スミスは慎重な人物ですが、そんな彼が許可を出したのです。どうかご安心くださいませ」

アーサーは爽やかな笑みで言い、警備一人と移送の準備を進めた。

早朝、作品がベイカー・ストリートのフラットに運び込まれた。数日間にわたって、《ひまわり》はここに保管される。リミットまでに終えられるように、初日は深夜まで作業が進められた。

《ひまわり》がフラットに来た二日目、ある女性から連絡を受け取った。近くで用事があるので、夕方にフラットまで来てくれるという。

「仕事の調子が上がらないんだって、ケント？」

三階のソファでくつろいでいたスギモトは、彼女を見ると笑みを浮かべた。

「おやおや、アンジェラじゃないか」

週末にもかかわらず、仕事帰りなのか、濃いめの化粧をしてヒールを履いたアンジェラは、いい香りを漂わせながら鞄《かばん》を置き、コートを脱いだ。そして自然な振舞いで、スギモトのとなりに腰を下ろす。

「ソファ、新しくしたのね」

革張りのソファは、晴香が下宿をはじめた頃から変わっていない。

「憶《おぼ》えてたんだな。前の方がよかった？」

アンジェラは顔を逸《そ》らして答える。

「悪くないんじゃない。むしろ変えた方がいいって私も思ってたから。で、せっかく独立したのに、こうやってサボってるわけ」

「サボってるんじゃなくて、思索にふけってたんだ。君の方こそ、休日なのに働きすぎじゃないか」

「働き者なの、ケントと違って」

二人のやりとりを見守りながら、なぜ彼らは別れたのだろうと晴香は改めて思った。

「ところで、ハルカのビジネスパートナーがやる気を失っているって聞いて、心配で見に来たんだけど」

「そういうことか」

スギモトは晴香に視線を向ける。

「だってスギモトさん、依頼を断ってばかりだったから」

「そもそも君たちは、いつのまに仲良くなったんだ」

「北斎の《グレート・ウェーブ》の輸送の手続きでやりとりしてからかしら？　今じゃ、うちの娘もハルカになついてるんだから」

アンジェラは晴香の代わりに答えた。

大手オークション会社に顧客担当として勤めているアンジェラとは、彼女の忙しいスケジュールを縫ってランチやお茶に出かけては、作品や業界の情報交換だけでなく、他愛のない女子トークをする仲になっていた。

その流れで、アンジェラにはジュリーという娘が一人いると知った。写真を見せてもらうと、ルノワールの《イレーヌ嬢》をもっと幼くしたような美少女だった。この母にしてこの娘あり。一目でジュリーのファンになった晴香は、ニンテンドーのゲーム機をクリスマスプレゼントに献上した。

「そういう女同士の連帯感にはお手上げだよ」

「あら、言っておくけど、ケントは私たちに感謝しなくちゃいけないのよ」

「感謝？」

「この数週間、ハルカのために調べていたの。一九四八年の展覧会以来、公の場から消えたゴッホの《ひまわり》の行方をね。うちの会社の内部データと、懇意にしているコレクターたちの噂を辿って。おかげで、連日二日酔いになっちゃったわ」

晴香がアンジェラに連絡したのは、スミスがやって来た直後だった。はじめはスギモトのやる気の引き出し方を相談していたのだが、依頼のあった幻の《ひまわり》が、市場でどのような来歴を辿ってきたのか、晴香はふと気になった。

――ゴッホの消えた《ひまわり》って、今じゃもう見つからないもの？

――そうね。私のまわりのゴッホ愛好家たちも、血眼になって捜したっていうけど、あまりに謎に包まれているから、もう存在しないっていう説が有力ね。みんなにとっての高嶺《たかね》の花、いえ、雲上の花ってところかしら。でもどうして？

――ちょっと事情があって。

いくら友人とはいえ、それ以上話すことを躊躇していると、アンジェラからこう提案された。

――私も以前から気になっていた作品だから、調べてみようか。

そうしてこの日、彼女から「報告したい」という連絡があったのだ。

アンジェラいわく、幻の《ひまわり》の来歴はつぎの通りだった。

じつは同作は、ゴッホの死後、はじめて売買された絵画だった。一八九一年、とある批評家がわずか三百フラン――数千円ほどの値段で購入したのだ。その約二十年後、値段は五万フランに跳ね上がり、パリで成功をおさめた服飾デザイナー、ジャック・デュッセのもとに渡る。デュッセは《ひまわり》の額縁を、アール・デコの作風で知られる家具デザイナーに特注した。たしかに、スミスの《ひまわり》の額縁も、アール・デコ調の黒い漆塗りに黄金の装飾が施されていた。

一九二九年、デュッセは亡くなり、《ひまわり》は彼の未亡人のものになる。このときの値段は、デュッセが購入した当時の十倍に当たる、五十万フランに達していた。デュッセの妻は、夫のコレクションを数点売却したが、《ひまわり》だけは生涯手放さず、デュッセの甥《おい》が受け継ぐことになる。

一九四八年、この甥の所有下で、《ひまわり》は米国オハイオ州にあるクリーブランド美術館の展覧会に一ヶ月間貸し出される。この展覧会を最後に、幻の《ひまわり》は公の場から姿を消す。同展のカタログの表紙には、《ひまわり》の画像が掲載されているが、白黒しかない。

一九六八年、デュッセの甥は亡くなり、《ひまわり》はアーティストだった甥の息子のもとに渡る。しかしそのアーティストが薄情者で、金に困って即座に作品を転売してしまった。画商を経由し、新たな持ち主となったのが、ギリシャ人の海運王ジョージ・エンビリコスだとされる。わずか数千円だった値段は、百年も経たずして、桁違いに跳ね上がっていた。

「現在出回っている《ひまわり》のカラー画像も、エンビリコスの所有下にあった頃に流出した、というのが有力な説よ」

「なるほど」と晴香は唸《うな》る。

「ここからは、不確かな噂になるんだけどね」

そう前置きをして、アンジェラは話をつづけた。「エンビリコスは八〇年代後半に事業に失敗して、自らのコレクションの大部分を、カタールの王室に売却した。ただし、その売却リストのなかに、なぜか《ひまわり》は含まれていない。ここで《ひまわり》の消息は完全に途絶えてしまったわけ」

「つまり、八〇年代後半からは、エンビリコス家でもカタールの王室でもない、何者かの手に渡った、と？」

「そういうこと」

「それ以降を辿るのは、やっぱり難しいか」

スギモトは腕組みをして呟いた。

「あら、私の人脈とリサーチ能力を侮ってもらっちゃ困るわよ、ケント。知り合いのゴッホ愛好家に会いに行ったら、ある面白い話をしてくれたわ。九〇年頃、幻の《ひまわり》を買わないかっていう誘いが、有名なゴッホ・コレクターに持ちかけられたっていうのよね。でもそのコレクターは、手を出さなかったらしいの」

「なぜ？」

「その辺りは、いくら訊ねても教えてくれなかった。あの人たちって、はぐらかすのが上手なのよ。大事なお客さんだから、私も強くは訊けなくてね。でもそれほどリスクの高いオファーだったのかもしれない」

「すっきりしないな」

「念のため訊くけど、あなたたち、その幻の《ひまわり》を修復してるわけじゃないでしょうね」

アンジェラの口調は冗談まじりだったが、二人は沈黙する。

「嘘でしょ、信じられない！　十中八九贋作《がんさく》でしょうけど、誰から依頼されたの」

スギモトは小声で「ヘンリー・ウォルトン＝スミス」と呟いた。

アンジェラは口元を手で覆い、絶句した。

「あのスミスが？　それなら、十中八九じゃなくて半々くらいかしら。で、その作品は今どこにあるの」

スギモトは無言で、床を指した。

「下の階ってこと？」

アンジェラは啞然としたあと、「もちろん、見せてもらえるのよね？」と言う。

「そんなに目を輝かせるなよ」

スギモトはアンジェラのペースにのせられたのか、あるいはよほど彼女を信頼しているのか、普段の用心深さを一転させて、《ひまわり》のところに彼女を案内した。絵画を目にしたアンジェラは「私も今まで何度かとんでもない額の作品を扱ってきたけど、さすがに感激しちゃうわね」と舌を巻いていた。

「だろ？　公開されるのが楽しみだよ」

「でもこんなところに置いておいて、大丈夫なの」

「まだ世には出てないうえに、真作だと発表されたわけでもないからな。スミスもそれで安心してるんだろう」

「なるほどね。逆に、真作だと証明しなくちゃいけないんなら、まずはスミス本人に入手経路を教えてもらった方がいいんじゃない？　さっき言った海運王エンビリコスまで、本当にその来歴を辿れるのかどうか」

「訊いたけど、教えてくれなかった」

以前、アーサーに幻の《ひまわり》の入手経路を訊ねたが、「今回の鑑定は、あくまで作品の分析から導き出してほしい」との答えだった。

晴香は急に不安になる。もしスミスが、単に独占したいからこの絵を隠していたのではなくて、どうしても公開できない事情があって隠さざるをえなかったというなら、自分たちは知らぬ間に危険な状況に陥っているのではないか。

「本当に大丈夫でしょうか」

「心配しなくていい。いわくつきの絵画だということは、最初から予想できたことだ。それに、あれだけの秘密主義者の依頼である以上、もう断るなんて無理だ。とにかく作品を調べて、きれいにケアして、分かったことを報告すればいい。どんな道を辿って来た絵画でも、今俺たちの目の前にあるという事実は変わらないんだから」

「作品のためにやるってことですね」

＊

翌日も無事に作業を終え、いよいよ《ひまわり》をスミス邸に返却する前日、晴香は見張りを兼ねて、工房にパソコンを持ち込み、徹夜で論文を書くことにした。

ふと現在の《ひまわり》の市場価値に意識が向き、検索すると、これまでのゴッホ作品の落札額は、一九九〇年に百億円を優に超えていた。ただでさえ実感を持てない数字だが、今ここにあるのは幻の《ひまわり》だ。作品自体にどれほどの価値があり、付随する経済効果がどれほどの規模か、晴香には検討もつかない。

工房スペースは作品の劣化を防ぐために、低めの温湿度に設定されている。分厚い毛布にくるまって、欠伸をしつつ絵画を眺めながら、明日やっと持ち主に返せるということに、晴香はほっとした。

呼び鈴の音で、意識が引き戻された。

朝かと思ったが、窓の外は闇に閉ざされている。眠っていたと気がつくまでに、数秒もかからなかった。徹夜で見張るつもりだったのに。ソファから飛び起き、真っ先にイーゼルの方を見る。

ない。《ひまわり》が消え、イーゼルだけがむなしく自立している。

背筋が凍った。カーテンが揺れている。窓が開いている？　すぐさま近寄ると、鍵から数センチのところで、ガラスが円形に切り取られていた。ここから手を入れて開錠し、窓から侵入したというのか。

今度は長めに、呼び鈴が鳴った。

階上で、スギモトが起きてくる音がした。

廊下に出たのは、同時だった。

「作品がありません！」

「は？」

「《ひまわり》がなくなったんです」

彼は顔色を変えて、即座に階段を駆け下り、工房のドアを開けた。

「なんてことだ……」

晴香は地上階に下りて、ドアを開ける。

玄関口に立っていたのは、おそらくセキュリティ会社から駆けつけた、制服姿の男性二人組だった。そのうしろには、アーサーが手配してくれた警備員が立っている。一晩中見張っていたはずなのに、犯人はどうやって侵入を？

「十五分前、お宅の防犯センサーが作動したのですが――」

「盗難事件です！」

セキュリティ会社の警備員が、すぐさま警察に通報するより早く、スギモトはスマホを手に取った。

「とにかく、マクシミランに知らせよう」

第二章

新たなフェルメール

CONSERVATOR

ハーグの国立公文書館のもとに小包が届いたとき、特別その存在を気にかける者はいなかった。公文書館には、日々古文書の問い合わせがあり、順番に対応することになっているからだ。

したがって、その小包は長いあいだ開封されず、倉庫の片隅でひっそりと眠っていた。資料保存課の職員の手によって、ようやく開封されたのは、届いてから三ヶ月以上経過してからだった。

担当した女性職員アストリッドは、まず同僚に訊ねた。

「どこから届いたの、これ」

「ハーグ郊外に住む一般人よ。おじいさんが亡くなって、遺品を整理していたら、古文書らしきものが発見されたって。ご本人の申請書によると、何代もご先祖が生活していた歴史がある家だから、特別なものだって言うのよ」

そう言いながら、同僚はアストリッドにファイルを手渡した。産休から復帰したばかりのハーグ出身者アストリッドは、時短勤務の関係で、他のスタッフたちの手の回らない作業を任されていた。

「みんなそう言うのよね」

アストリッドは同僚と笑い合った。

専門職として勤務する彼女は、とくに紙資料の修復を担当している。主な業務は、所蔵している文書を保存、管理すること。さらに市民から届く古い文書を点検して、市の歴史に関する重要資料かどうかの下読みも行なう。

「それにしても、ずいぶんと状態が悪いわね」

文書に影響のないライトを使用した、うす暗い部屋の机のうえで、段ボール箱を開封しながら、アストリッドは同僚とおしゃべりをつづける。装丁係の同僚はとなりの机で、資料の表紙を補強するという作業を行なっている。

「長いあいだ、納屋に仕舞い込まれていたらしいわよ」

詰め込まれていたのは、書籍、ノート、紙といった資料である。ざっと見ただけで、かなりの年月が経過していそうだ。改めて申請書に目を通すと、三百年以上前からある家だというから、当時の記録が残っているかもしれない。

ただの古い紙じゃなさそう――。

アストリッドは興味を惹《ひ》かれた。

古文書を扱うプロフェッショナルである彼女でさえ、昔の文字を読み解くのには時間と労力を要する。最初に当たりをつけて、重要そうな文書でなければ、最低限の処置を施すのみで、持ち主に返却することがほとんどだ。段ボール箱に入っていた一冊の書籍に、アストリッドは目をとめた。

本の綴《と》じられ方には、伝統的な古い手法が用いられている。虫に食われ、外れたページも多いが、紙に残った痕跡から、頑丈に綴じられていたことが分かる。日記だろうか。慎重にページをめくると、茶ばんだ封筒が挟まっていた。

表面に記された日付は、一六七六年三月。

十七世紀後半といえば、手紙をはじめとする通信技術の黎明《れいめい》期に当たる。とくにオランダでは、周辺諸国に先駆けて、近代的な郵便制度が整備された。公的な郵便事業は、遠く離れた人物との意思の疎通を可能にした。本当にその時代の手紙ならば、差出人によっては、きわめて重要な歴史的資料といえる。

封筒には、契約書らしき一枚の紙が入っていた。

譲渡人　カタリーナ・ボルネス
受取人　ディアナ・バイデン

〇〇の作品　《少女と手紙》

アストリッドはその書面の、見えづらくなっている「〇〇」の部分に注目した。羊皮紙にインクで書かれた文字を、ライトボックスに置き、ルーペをかざして見る。

Vermeer

彼女はすぐさま同僚に声をかけた。

「フェルメールの寡婦がなんていう名前だったか、憶えてる？」

「どうしたの、急に」

美術畑出身のアストリッドは、以前にもフェルメールに関する資料を扱った経験がある。その際、十七世紀に書かれたフェルメール作品の納品書や見積書を、実際に目にしていた。その記憶と、目の前にある文書とが重なる。

興奮を抑えながら、アストリッドは書棚に向かい、フェルメールの伝記にまとめられた家系図で、妻の名を確認した。カタリーナ・ボルネス。まさにこの古文書に残されている名前と一致する。しかし受取人は誰だろう。

「ともかく上に報告しなくちゃ」

謎多き画家とされるフェルメールの研究は、こうした文書の発見が大きな手がかりとなる。この古文書の出現は、歴史をひっくり返す出来事になるかもしれない。席を立ち、廊下を歩く足が、自ずと速くなる。

——そうだ、この発見を彼に報告してみようかしら。

アストリッドの頭に、あるアイデアが浮かんだ。

1

近隣を巡回していた制服警官がパトカーで駆けつけた少しあと、スギモトから直接電話を受け取ったマクシミランが現れた。

「事件現場に居合わせたんだって？」

彼は晴香を見るとそう訊ねた。

「はい……私のせいでこんな状況になってしまって」

「まずは深呼吸して。顔が真っ青だ」

ありがとうございます、と晴香は目をこすりながら息を吸う。しかし責任の重大さは、少しも軽くはならない。見張り役を申し出たのに、居眠りして強盗の存在に気がつけなかった。こうしているあいだにも、強盗の手に渡った作品はどうなっているか分からない。

「被害者としてお前から事情を訊かれるとは」

スギモトは言い、片手で顔を覆った。

「持ち主は？」

「ヘンリー・ウォルトン＝スミスといって、著名なゴッホ・コレクターだ」

マクシミランは名前をメモする。

「あとで事情を訊こう。今、彼はどこに?」

「まだ秘書とも連絡がついていない」

「事件当時の様子を教えてくれ」

「俺は部屋に、晴香はこの工房にいた。持ち主のスミスが派遣した警備員は玄関先にいて、建物の周囲を見回りもしていた。作品がなくなったことに気がついたのは、セキュリティ会社から警備員が駆けつけた午前三時過ぎだ」

「じゃあ、その警備員からも話を聞こう」

事件当時の様子を訊ねると、警備員は一晩中見張りをしていたものの、事件が起こった直前に、制服警官から職務質問をされたという。その十数分間は、フラットから注意が逸れていた。

マクシミランが確認したところ、その時間帯にこの地域をパトロールしていた警官は、ベイカー・ストリートで職務質問をしていないと証言した。つまり警備員に声をかけてきたのは、おそらく犯行グループが用意した、束の間気を逸らして絵画を盗むための偽警官だった。

警備員の話を聞き終わった頃、表通りに数台の警察車両が停まった。鑑識班が到着したのだった。彼らは二階の工房で、足跡や指紋、落ちた髪の毛などを検分しはじめ、マクシミランとスギモトは上階に移動した。

「ここの防犯はどうなってる？」

マクシミランはセキュリティ会社のスタッフに確認する。

このフラットでは最近、防犯システムを整えたばかりだった。屋上に一台と、建物の周囲を囲むように複数台の防犯カメラが設置され、二十四時間体制でセキュリティ会社がモニタリングしている。

とくに貴重な作品が出入りする二階は、他の階よりも厳重にガードされていた。強化ガラスが用いられた窓際には、赤外線センサーがとりつけられ、無人になる夜間は、窓を開けるだけで人が駆けつける。

「防犯カメラは正常に機能していた？」とマクシミランは訊ねる。

「夜中の三時まではいつも通りでしたが、とつぜん映像がうつらなくなりました。不審に思った矢先に、防犯センサーが反応したので、ここに警備員を派遣したのです。今確認したところ、カメラはいくつか壊されていました」

セキュリティ会社のスタッフが説明する。

「つまり犯人は、防犯センサーが反応することを見越して、堂々と窓から侵入し、警備員が到着するまでの、わずか十数分で作品を盗み出した、ということか」

晴香は信じられなかった。

犯人が侵入したときなぜ起きなかったのだ、と自分を責めても責めきれない。たしかに以前、防犯センサーの誤作動が頻発し、怒ったスギモトが室内では警報音が鳴らないようにしてしまっていた。しかし目の前で強盗が起きていたのだ。

「これは、素人《しろうと》による無作為な強盗じゃない。明らかにこの家をねらった、入念に計画されたプロの仕事だ。その場合、実行犯を追うよりも、作品の情報がどこから漏れたのかを辿って行った方が早いかもしれない。ゴッホを修復していると知っていたのは、僕と君たちの他に誰が？」

マクシミランに訊ねられ、晴香は答える。

「私たちと、依頼主のスミスさん、その秘書です」

「いや、まだ一人いる」

スギモトは言う。「アンジェラだ」

「アンジェラって、あのアンジェラか？　ケントが昔付き合っていた」

「先日ここに来て、《ひまわり》を見せた」

「でもアンジェラから情報が漏れたなんてことはあり得ませんよ」

晴香の反論を、マクシミランはきっぱりと否定する。

「いや、君たちの友人には悪いが、彼女も容疑者の一人だ」

「おいおい、勘弁してくれよ」

スギモトは頭を抱えるが、状況からして否定のしようがなかった。


徐々におもてが明るくなりはじめた頃、スミスがアーサーとともに現れた。鑑識の捜査はひと通り終了していた。すぐに謝罪したスギモトを、スミスはしばらく無表情で見ただけで、なにも答えなかった。感情の読めない態度が、彼の怒りの底知れなさを表していた。

「美術特捜班の刑事でマクシミランといいます」

握手を交わして、スミスは事務所のソファに腰を下ろした。

「まずは、絵画についてお伺いします。入手したのは三十年ほど前と聞いていますが、《ひまわり》の存在を知っている関係者は他にいませんか。たとえば、この絵を入手した先の相手だとか、その仲介人の身元は？」

マクシミランの問いに対して、スミスはこう呟いた。

「ここまで赴いたのは、絶対に絵画を取り返してほしいからだ。しかし絵画が持ち去られたところを想像すると、胸をえぐられるよ」

「お察しいたします」

「あなた方には決して分からないでしょう。財布を盗まれるのとは、まったく訳が違うんですよ」

語気を強めると、スミスはスギモトを一瞥した。

「当然です。だからこそ、捜査にご協力ください。たとえば、あなたに恨みを持った人はいませんか」

「私に原因があると言いたいのかね」

「いいえ、今は可能性を探る必要がありますので――」

「犯人の目的は、絵画そのものだ。あれほど高い価値を持った絵画はない」

スミスは断言した。

有力な情報が得られないまま、マクシミランが聴取を終えると、スミスは杖を持って立ち上がり、窓際に立っていたスギモトに歩み寄った。陳謝するスギモトのことを、スミスはしばらく黙って見下ろしていた。

「君を信頼したことが、すべての間違いだったよ」

テーブルのうえにあった書類を、スミスは静かに手に取った。

その書類は、近々彼に提出するはずだったコンディション・レポートである。作品がどのような手順で修復されたのかを記録する、未来のための資料だ。しかし作品そのものが盗まれた今、なんの役にも立たないようにうつる。スミスはそのレポートに目を通したかと思うと、忌々しそうに真っ二つにその紙を破った。

「芸術的な価値、金銭的な価値、知名度、すべてにおいて、あの一点は、芸術品の頂点に君臨する」

文節ごとに、紙はびりびりと引き裂かれていく。

「それを、盗まれただと！」

細かく破れた紙が、スギモトに向かって勢いよく投げ捨てられた。

スギモトは顔を伏せ、微動だにしない。

晴香は目を逸らした。このような事態が起こったのは、すべて自分の注意力のなさが発端なのだと思うと、申し訳なさを通り越し、絶望的な気分になる。自分さえ眠らなければ、こんな事態にはならなかった。被害者でありながら、責められる立場にある。胃のなかに重たい石が生じたようだ。

「なんとしてでも、絵画を見つけ出せ。無傷で！」

「われわれロンドン警視庁も、全力で今回の捜査に当たります」

割って入ったマクシミランを無視して、スミスはこうつづける。

「言っておくが、コンサバターとしての君の今後はこの捜査次第だ。絵画が戻って来なければば、君を一生コンサバターと名乗れなくさせてやる。そのくらい私には朝飯前だ。いいや、それだけじゃない。君自身の人生を破滅させてやってもいい」

「しかしスミスさん――」

「言い訳をするな、愚か者め！」

背中の曲がった老人とは思えない迫力だった。

「スギモトさん、本当にすみません……私のせいでこんなことになって」

スミスが帰ったあと、晴香は深く頭を下げた。

絵画が戻って来なければ、一生コンサバターと名乗れなくさせる、というスミスの一言が胸に刺さっていた。

スギモトは遠い目をして答える。

「気にすることはないさ、やばいのは俺だけだから」

「え？」

「君は帰国すれば、家族や友人が待っているだろう？　日本の修復工房でなら、この事件もそこまで知れ渡らないだろうし、再就職もできる。でも俺は……信頼も職も失って、修復中の《ひまわり》を盗まれた男として一生十字架を背負って生きていかなきゃいけない……もうお先真っ暗だ。今までやってきたこと全部パーさ、ははは」

「暗っ！　めちゃくちゃネガティブになってるじゃないですか」

「短いあいだだったが、助手を務めてくれてありがとう」

「え、なにをなさるんです？」

「俺はしばらく旅に出るよ」

「旅ってどこに？　逃亡者扱いされますよ」

部屋から出て行こうとしたスギモトを、晴香が慌てて止めると、彼は「はっ」と閃いたように、今度は作業机に向かった。

「分かった。じゃあ、スミスにも誰にもバレない、完璧な贋作を今すぐつくろう。絵が返ってきたことにするんだ。俺の天才的な実力があれば、写真と分析結果と合わせて、切り抜けられるはず――」

「駄目です！　失敗したら責任をとる、それが私の祖母の口癖でした。盗まれた絵画の無事を信じて、行方を捜しましょう。私も居眠りしていた責任をとって、できる限りのことをしますから」

他の警官とやりとりしていたマクシミランが戻って来た。

「ハルカさんの言う通りだよ、ケント。人に怒られるのがなにより苦手なのは昔からよく知ってるけど、落ち込んでても仕方ない。幸か不幸か、相手はプロだ。作品に傷がつけば価値が下がる、という事実を心得ている。そういう輩は、今後取引を要求してくる可能性の方が高い。とくに今回のように、転売が難しいほどの著名な絵画なら尚更だ。こちらの出方次第で、作品も戻って来るだろう。スミスも許してくれるさ」

晴香とマクシミランから励まされ、スギモトは徐々に生気を取り戻していく。

「そうかな」

「そうですよ、しかも警察の民間顧問ですし！」

「……美術特捜班はこういうとき、どんな風に動くんだ？」

「よしよし」とマクシミランはスギモトの肩を叩く。「実行犯を追う線と、闇市場の情報を集める線を並行で探っていく。こういうプロの犯行の場合は、たいてい買い手が決まってから犯行に及ぶことが多くて――」

マクシミランが説明していると、別の刑事が声をかけてきた。

見覚えのある男である。

マクシミランの同僚で、ロブという刑事だ。

ロブはかつて、大英博物館でギリシャ彫刻が破壊された際に、担当刑事として博物館に現れた。世の中にうんざりしているような倦怠感を、今も漂わせている。ロブの方も晴香のことを憶えていて、スギモトが民間顧問になったタイミングで、「君も大変な男の助手になったな」と含みのある口調で言われた。

「美術品が盗まれたのは、ここだけじゃない」

「どういうことだ」

「さっき俺たちのオフィスに連絡があって、ロンドン郊外の個人宅で、別の盗難事件があったそうだ」

「盗まれたのは」

「持ち主が言うには、フェルメールらしい」

「ゴッホのつぎはフェルメールだなんて、この街はどうなってる」と、傍らで刑事二人のやりとりを聞いていたスギモトは、頭を抱える。「いや、なにかの間違いだ。フェルメールは世界に三十数点しかない。そのうち個人コレクターが所有する作品なんて、一枚も存在しないはずだぞ」

ロブは眉根を寄せて、「じゃあ、偽物ってことか」と訊ねる。

「あるいは、持ち主がそうと思い込んでいるだけ、とか」

「とりあえず、現場に行ってみるしかないな」

マクシミランは言い、スギモトと晴香の二人を見た。

「同時に二件も盗難事件が起こったなんて、偶然にしては出来すぎているし、関連性があると考えていい。《ひまわり》の盗難の手がかりを摑むためにも、民間顧問としてフェルメールの件についても意見を聞きたいんだが」

「たしかに俺よりも、君のような専門家が行くべきだ。この現場はとりあえず俺が引き受けるから」

ロブはマクシミランの意見に賛同する。

「分かった、俺たちも行くよ」

「俺たち？」と晴香はぎくりとする。

「居眠りしていた責任をとって、早く《ひまわり》を取り戻すんだろ？」

2

マクシミランの運転する捜査車両は、ロンドンから西へと向かった。市街地を出ると、物憂げな雨が降りはじめ、気温は一段と下がった。助手席に座るスギモトに、マクシミランは現時点で分かっている情報を共有する。

「被害に遭ったのは、ハワード卿という貴族だ。今朝七時頃、使用人が邸宅に飾られているはずのフェルメールの絵画がないと気がついた。すぐに使用人から連絡を受けて、ハワード卿が通報したそうだ。今は地元の警察が捜査をはじめていて――」

「ハワード卿で間違いないのか」

マクシミランは助手席を見た。

「心当たりが？」

「俺の思う人物と同じであれば、有名な美術コレクターだよ。彼のコレクションは、美術館にも頻繁に貸し出されている。ハワード家の所有する邸宅は、イギリスの建築史でも重要なカントリー・ハウスだ」

「おそらくそのハワード卿で間違いない」

「たしかハワード卿は普段ロンドン市内で生活し、週末や休暇をそのカントリー・ハウスで過ごしているはずだ。ハウスには美術品が多く展示され、毎年夏には期間限定で一般にも公開されている」

「そのコレクションに、フェルメールは含まれるんですか」

晴香は後部座席から訊ねる。

「いや。ロンドンにあるフェルメールの真作は、ナショナル・ギャラリーの《ヴァージナルの前に座る女》と《ヴァージナルの前に立つ女》の二点、ケンウッドハウス美術館の《ギターを弾く女》、そしてバッキンガム宮殿の《音楽のレッスン》の四点だけ。ただしハワード卿のコレクションには――」

そこまで言って、スギモトは口をつぐんだ。

「いや、ひとまず事情を訊いてみよう」

一時間ほど西に走ると、石垣に囲まれた敷地が現れた。石垣は一般道沿いに、どこまでもつづくように見える。やがて切れ目があって、鉄柵門が忽然と現れる。案内も表札もない門の前には、パトカーが停車し、警官が誘導のために立っていた。

門をくぐり、さらに一キロほど私道がつづく。

辺りは、私道の脇に鬱蒼と茂った、さまざまな種類の草木に落ちる雨音で満ちていた。よく見ると明らかに欧州産ではない、東方的な趣の植物もある。植民地支配の時代以降、多くのイギリス貴族が世界中から集めた種や苗を庭に植えたことが、ブリティッシュ・ガーデンの歴史を育んだということを思い出す。

林を抜けると、広大な芝生の丘に、宮殿さながらのカントリー・ハウスが現れた。カントリー・ハウスは中世後期から十九世紀にかけて、貴族が自らの富みを誇示する手段として建設したイギリスの伝統建築である。『ダウントン・アビー』の撮影地となったハイクレア・カースルも、代表的なカントリー・ハウスだ。

ハワード邸の外観は、ピクチャレスクな美術館さながらだった。完璧な左右対称で構成され、三階建ての上部には、尖塔がいくつか天に伸びる。石造りのファサードは、しとどに濡れて黒に近い灰色になり、いっそう荘厳な佇《たたず》まいである。ただし一部改装中らしく、作業員はいないものの、足場が組まれていた。また建物の裏手には、何台か業務用のトラックが見えた。

入口付近で停めて、三人は車を降りた。マクシミランはすでに捜査をはじめていた地元の警察と短いやりとりをしたあと、正面玄関で待っていたハワード卿の秘書だという女性に紹介された。

「はじめまして、ロンドン警視庁美術特捜班の刑事です。彼らは新しく赴任した民間顧問とそのアシスタントです」

「美術特捜班の方が来てくださって、とても心強いですわ」

握手をして、秘書は三人を案内した。

正面玄関をくぐると、三階まで吹き抜けになったホールが現れた。列柱に囲まれ、上階からも見下ろせる。床にはペルシャ絨毯が敷かれ、アンティークの家具が並ぶ。それらに加えて、光源である燭台《しよくだい》の灯が、何世紀も前に迷い込んだように錯覚させる。

秘書は奥の階段をのぼった。

二階も同様に、巨大なシャンデリアや天井画、それを縁どる金細工など、視線を向ける先々で、ヨーロピアンな装飾が眩しい。窓際の廊下では、代々カントリー・ハウスの家主だった祖先の肖像画や、大理石像に出迎えられた。

ただし一枚だけ、異色の肖像画があった。

——これは、バーミヤン仏？

軍服でポーズをとる白人男性が描かれているのだが、その背景は渓谷だった。しかもただの渓谷ではなく、中東の仏教遺跡であるバーミヤンの巨仏が、岩壁に彫られていた。西洋趣味の調度品や他の肖像画のなかで、その一枚だけが浮いている。

また晴香がその絵に目を奪われたのには、もうひとつ理由があった。

バーミヤン仏は、七世紀に唐の玄奘三蔵《げんじようさんぞう》が訪れた世界的な遺産であるが、同時に、近年偶像崇拝を否定するイスラム教組織によって、顔面を中心に大破されたという、人類の負の遺産としても知られるからだ。

絵画のなかのバーミヤン仏は、かつて交通の要衝を飾ったモニュメントとしての偉大さを留めている。したがって、その絵はかなり昔に描かれたものに違いない。軍服を着た白人は、ハワード卿の何代前の祖先か、という疑問が頭をよぎるが、秘書が先を行くので、晴香はその場を離れた。

秘書は廊下のもっとも奥にある扉をノックした。

なるほど、ご本人に謁見するまでに、ハワード家がいかに裕福な一族であるかを、十分実感できる仕組みということか。

「警視庁の方がいらっしゃいました」

秘書が言い、三人は扉のなかに入る。

広々とした応接室だった。中央の大きなローテーブルのうえは花で飾られ、それを囲むたくさんのソファには、今ここにいる人数の三倍は座れるだろう。今日のような雨天でも、床から天井まで伸びる縦長のフランス窓から、十分な外光が射しこむ。

その前に、一人の男性が佇んでいた。

三十代後半だろうか、服装は質素だ。このカントリー・ハウスの家主としては、頼りない印象である。街中で会えば、その身分を想像もしないだろう。聞くところによると、一生働かずとも安泰に暮らせる不動産収入を得ているはずだが、彼自身は庶民と変わらない生活を送っているようだ。

自己紹介を終えると、ハワードは椅子に掛けるように言った。

ウィリアム・モリス風の布地で覆われたソファに腰を下ろす。

「重複になる点もあるでしょうが、事件の発覚に至るまでの経緯と、盗まれた作品について詳しく教えていただけますか？　とくにフェルメール作品が盗まれた、とあなたはおっしゃいますが、表向きには、ここのコレクションに十七世紀オランダの風俗画はあってもフェルメールは含まれませんね？」

「ええ、その通りです。私もまさか、親から受け継いだコレクションの一点が、フェルメールの真作だったとは信じられませんでした」

ハワードはそう言って、ことの経緯を説明しはじめた。

半年ほど前、彼のもとに、アムステルダム国立美術館から連絡が入った。

――あなたの所蔵品の調査を行ないたいのです。

ハワードは一族のコレクションのなかに、とある可能性を秘めた一点が含まれていることを、早くに亡くなった両親の代わりに、祖母から何度となく聞かされていた。十年先、いや百年先になるかもしれないけれど、必ずその価値が証明されるはずだから、絶対にあの一点を手放してはいけない、と。

美術館から問い合わせがあったとき、祖母はすでに他界していた。

――フェルメールに関する新しい古文書が先日、ハーグの国立公文書館で発見されました。あなたの所蔵する一点は、長年フェルメールの非真作という扱いでしたが、その発見によって、再調査の必要が生じました。

「非真作とは？」

マクシミランは問い、スギモトが持ち主の代わりに答える。

「フェルメールの作品は、現在三十数点あるとされているけれど、その数字は研究者によって意見が分かれる。なぜなら、非真作と呼ばれる、真作とも贋作ともつかない作品が存在するからだ。ハワード家のコレクションにはその非真作が含まれる。今回はその価値がひっくり返ったということだろう」

ハワードは困惑した様子で、スギモトの方を見る。

「失礼ですが、あなたは？」

「修復士のケント・スギモトと申します」

「修復士？　なぜそんな方がここに」

「彼は美術特捜班の民間顧問なのです」

「なるほど」とハワードは不安げに肯く。「私も驚きました。なにもしていないのに、同じ一枚の絵の価値が、勝手に跳ね上がったんですから。同時に、生前その価値が証明されることを信じていた祖母のために、作品を大切にしようと誓いました」

「発見された古文書を見せていただけますか」とマクシミランは訊ねる。

「のちほど、ハーグから送られてきた資料のコピーをお渡しします。フェルメールの妻が元使用人と交わした作品の譲渡書と、その元使用人による手記だそうです。その発見によって、新たなフェルメール作品がここに存在することが公になる前に、私はこのカントリー・ハウスのセキュリティを強化することにしました」

「たしかにフェルメール作品があるとなれば、世界中からファンが押し寄せるでしょうからね」

スギモトがふたたび口を挟んだ。

「ええ。それに作品の金銭的価値も理解しています。だから親族であっても、信頼できる相手にしか伝えていません。フェルメールの真作だと発表され次第、転売すればいいんじゃないかと提案する者もいるでしょうから。しかしそんなことをすれば、私は祖母に申し訳が立ちません」

「つまりフェルメール筆であることは、まだ公に発表されていないわけですね」

マクシミランが念を押すように訊ね、ハワードは深く肯いた。

「ハーグのマウリッツハイス美術館で開催される来週の学会で、大々的に真作だと公表されると聞いていました。私もそこに出席する予定でした。それなのに、まさかこんな事態に陥るなんて……」

事情を聞き終わると、盗難の起こった現場にうつった。

盗まれた絵画が保管されていたのは、夏に一般公開される一階の図書室だった。図書室は蔵書があるだけでなく、絵画の展示室としても使用されている。フェルメール作品だと判明したことを受け、周囲では改装工事が進められていた。

「さきほどもお伝えした通り、私たちは建物のセキュリティを強化していました。そのために、警備会社や改装業者が、屋内に毎日出入りしていた。窃盗団は彼らになりすまして侵入し、図書室から素早く盗み出すための下見を重ねていたのかもしれません」

「事件が起こったとき、あなたはどこに？」

「われわれハワード家の人間は今月、ロンドン市内の家で過ごしており、今朝連絡を受けて、こちらに駆けつけました。ですから事件時、カントリー・ハウスには使用人しかいませんでした。きっとそのことも織り込み済みで、強盗は犯行に及んだのでしょう」

防犯カメラにも、証拠となる映像は一切残っていなかった。ベイカー・ストリートのフラットでの手口とよく似ている。用意周到に計画され、実行犯は他の作品には目もくれず、作品の扱いに慣れた様子で標的だけをねらった。マクシミランたちが警備会社の担当者や、今朝カントリー・ハウスにいた使用人などに話を聞き終えると、捜査はいったん区切りをつけられた。

3

マクシミランは警視庁に向かい、スギモトと晴香はハワードから受け取ったフェルメール作品の資料と、関係者からの証言を整理するため、フラットに戻った。しかし盗難が発覚してから半日以上が経過した《ひまわり》の捜査には、依然として進展は見られない。晴香は《ひまわり》の無事を案じずにはいられない。

スギモトも同じらしく、三階のソファに腰を下ろして頭を抱えた。

「《ひまわり》にせよ、フェルメールにせよ、組織的な犯行には違いない。指示を下している黒幕さえ分かればいいが、まったく分からん。こうしているあいだにも、《ひまわり》が危険に晒されてるなんて」

「あの、そもそも《ひまわり》とフェルメール作品の盗難って、本当に同一犯の犯行なんでしょうか？　どちらも手口は似ていますけど、もし偶然、同時に起こっただけなんだったら、私たちは《ひまわり》を捜すのに注力した方がいいんじゃ」

「いや、俺は関連してると踏んでる」

「なぜです」

「共通点があまりにも多い。どちらも限られた者しかその存在を知らないし、転売しやすいそこそこの作品じゃなく、西洋美術史上重要な二点だ。《ひまわり》は幻と呼ばれる傑作だし、フェルメールの真作は世紀の大発見だ。金儲けが目当てなら、そんな派手でリスクの高いものは盗まないだろう」

「それなら《ひまわり》の持ち主とハーグで見つかった古文書のことを、両方知っていた人物が少なくともこの犯罪に関わっている、ということですか？　でもそんな事情通な人いますか」

「これから警察は関係者を当たるそうだよ」

「早く見つからないかな」

晴香は深いため息を吐《つ》いた。眩暈《めまい》がするのは、疲れのせいだけではない。フラットに戻り、スミスから言われたことが改めてよみがえったからだ。事件を解決しなければ、スギモトは廃業、晴香は即帰国だ。でも焦っても仕方ない。顔を上げて、思い詰めた様子のスギモトの方を見る。自分のせいで、彼をこのまま終わらせるわけにはいかない。

「とにかく、私たちにできることをしましょう」

晴香はハワードから受け取った資料をテーブルに広げる。

そのなかには、該当作の画像も含まれた。

「この作品のこと、知ってました?」

晴香が訊ねると、スギモトはのろのろと近づいて来る。

「一応ね。熱狂的ファンのあいだでは有名だよ」

「熱狂的……さすがフェルメールですね」

縦長の画面で、後景には、机に向かって手紙を書く若い女性がいる。前景には、重厚なカーテンが垂れ、中景にタペストリーやリュートらしき楽器が置かれている。窓自体は描写されないが、画面左から漏れるやわらかな光は、室内のあらゆるもの——あどけない横顔、上質な衣服、机上の果実や食器、壁に掛けられた画中画など——を浮かび上がらせる。

静謐《せいひつ》で親密なムード。寓意にあふれた部屋の内装。手紙の内容や女性の感情といった、物語性が分かりそうで分からない不明瞭さ。いずれの点も、長らく真作と認められなかったことが不思議なほど、フェルメール的な一枚だった。

また「手紙」というモチーフを、フェルメールはくり返し登場させている。初期の傑作《窓辺で手紙を読む女》、身重の妻を描いたとされる《青衣の女》、声をかけられ手を止めてこちらを見つめる《手紙を書く女》、召使いから女が一通の手紙を手渡された《女と召使い》、リュートを演奏する女が手紙を受け取っている《恋文》、そして破り捨てられた手紙を前に、一心不乱に手紙を書いている《手紙を書く女と召使い》の計六枚が、「手紙」を題材にしている。

フェルメールの生家は、宿屋だった。そこは多くの人々が集う場所なので、手紙が届くまでの中継地点になっていた。彼の父は、人々から預かった手紙を配達員に託す、あるいは配達員が運んだ手紙を人々に届ける、という役割を担っていた。手紙を受け取る人々の喜怒哀楽や、送る人々の祈るような姿を、幼い頃から見ていたからこそ、フェルメールはその背景にあるストーリーをくり返し絵にしたのだろう。

つまり今回盗まれた《少女と手紙》は、フェルメール的要素を凝縮した一枚だった。

しかしフェルメールの真贋は、作品そのものの質が重要な判断材料になるので、どうしても見る人によって意見が割れる。とくに判断がきわどいのは、騙すことを意図して後世に制作された「贋作」ではなく、同時代の画家によって偽物をつくる気なしに生み出された「非真作」である。「非真作」には当時の画材が用いられているため、科学分析でさえも明確な答えを導き出すことは難しい。またフェルメールが生きたのは、三百年以上も前なので、生前の細かい事跡は分からなくて当然、分かったら僥倖《ぎょうこう》というのが研究者の共通認識である。

だからこそ、今回のように当時の古文書が発見されると、これまでの研究が覆るというケースが生じるのだった。半年ほど前、ハーグの公文書館に届いた古文書には、つぎのような内容がつづられていた。

＊

——世話をしていた馬が、ぴくりと耳を立てた。草原につづく一本道を見ると、遠くの方から馬車の音がした。日が延びてきたとはいえ、いまだ寒さの厳しい夕刻。こんな片田舎に誰だろう。遊ばせていた子どもを急いで家のなかに入れていると、家の前で止まった馬車から、一人の女性が降りて来た。

「奥さま！」

かつて私が使用人として働いていた家主ヨハネス・フェルメールの妻、カタリーナである。もう私にとって「奥さま」ではないが、あまりにも意外な訪問者に、自然と昔の呼び方が口から出てしまった。

カタリーナは私に近づくと、挨拶もなしにこう言った。

「ヨハネスの遺言で、あなたに渡すものがある」

カタリーナには長らく会っていなかった。そのあいだに、デルフトの街は「災厄の年《ランプジャール》」に見舞われ、オランダの繁栄は終わった。深刻な不景気に陥ったうえに、フランス軍やイングランド艦隊に侵攻され、学校や病院は閉鎖されている。私の暮らす田舎でさえも、人々は滅多に外出しようとしない。フェルメール家のあるデルフト市街地は、混乱状態にあると聞いた。

「お悔やみを申し上げるのが遅くなり、申し訳ありません」

ヨハネスは四十三歳という若さだった。十人の子どもも育ち盛りだ。

「いいえ」

顔を背けたカタリーナは、老け込んでいた。喪服にもほころびが目立ち、革靴まで破れている。日々新しい装飾品を買い求め、派手な装いに身を包んでいた、裕福だったフェルメール家の妻としての威厳は影をひそめている。借金が払いきれず、破産の申し立てをすることになるという噂も耳にしたが、本当かもしれない。

「今日はただ、これをあなたに届けに来た」

カタリーナは脇に抱えていた一メートルほどの包みを、私に手渡した。

「それは？」

「ヨハネスの絵よ」

「……なぜ私に」

「言ったでしょう、ヨハネスの遺志なの」

カタリーナは家にも上がらず、用件を済ますとすぐに去った。私は夜中、夫や子どもが寝静まるのを待ってから、包みを机のうえに置いた。晴れた満月の夜で、大地も林も銀色に浮かび上がっていた。窓辺に寄れば、蠟燭《ろうそく》を灯《とも》さずとも、手元ははっきりと見てとれた。包みに添えられていた一通の封筒を手に取り、なかを確認する。譲渡を証明する、カタリーナのサインの入った書類が、おさめられていた。

譲渡人　カタリーナ・ボルネス
受取人　ディアナ・バイデン
　ヨハネス・フェルメールの作品　《少女と手紙》

包みを開けると、一枚の絵画があった。そこに描かれていたのは、手紙を読む一人の女性――かつての私自身だった。ヨハネスが生前《少女と手紙》を描いたとき、十代だった私はモデルを務めた。月明かりの下でその絵を眺めていると、使用人としてフェルメール家で働いていた日々が、ありありと思い出された。

織物商人をしていた父が亡くなり、家計を支えるために、私が奉公に出されたのは、十八歳のときだった。それから二年間、私はフェルメール家のメイドを務めた。仕事内容は家事全般——掃除、洗濯、料理、日用品の買い出し、その他雑用——である。

フェルメール家はデルフトの中心地、マルクト広場近くに位置していた。そこは妻カタリーナの実家である。夫婦は、オランダ一帯に土地を持つ富豪の義母マリアと、大勢の子どもたちとともに暮らしていた。ヨハネスのアトリエは、窓の大きくとられた日当たりのいい二階にあった。使用人は他にも数名おり、私はメイド長から最初にきつく言われた。

「ヨハネスさまは、デルフトでも名の知れた画家です。制作中、アトリエには絶対に入ってはなりません。掃除をするときは、家具や楽器の位置を一ミリも動かさないこと。分かりましたね」

はじめてアトリエに挨拶をしに行ったとき、ヨハネスはこちらをろくに見ようともしなかった。気難しく内向的。自分以外のことは、絵を描く以外になにも関心がなく、メイドなんて存在しないも等しい——そんな冷たい印象を受けた。

しかし画家としての才能には恵まれているらしく、人気もあるようだった。ファン・ライフェンというパトロンを定期的に家に招き入れ、それ以外にも遠方からわざわざヨハネスの絵を見るために、客人が訪ねて来ることもあった。

私がはじめて目にした彼の絵は、《ミルクメイド（牛乳を注ぐ女）》である。

それはいろんな意味で、私の先入観をくつがえすものだった。というのも、デルフトには大勢の画家がいて、その多くがレンブラント先生やルーベンス先生に師事し、宗教画や戦争画といった、小難しい絵画を描いていたからだ。

ところが《ミルクメイド》に、壮大な物語はなかった。画面の中央にいる女性が、陶器の壺に牛乳を注いでいる様子に、ただ優しいまなざしが向けられているだけだ。机のうえには、焼き上がったパンが印象的に、美味しそうに描写されている。水色のテーブルクロスや女性の青いエプロンは、洋服の黄色と呼応しながら、パンの素朴さを引きたてる。そうした効果を演出する最大の仕掛けは、窓から射しこむ穏やかな光の表現だった。

あんな風に、内にこもった厭世《えんせい》的な感じの人が、こんな絵を描けるなんて。

私はヨハネスのことを、第一印象で誤解していたのかもしれない。

「なにをしている」

掃除の手を止めていた私は、慌ててふり返った。

アトリエのドアの前に、いつのまにかヨハネスが立っていた。

私は即座に謝罪したあと、部屋を出て行った。

その夜、寝床でヨハネスの絵について考えた。

商人だった私の父は生前、絵画鑑賞が好きだった。私も幼い頃にそのお供をして、父の話に耳を傾けていた。これまで使用人の登場する絵画を目にしたことはあったが、男性の欲望の対象として、媚《こ》びるような目で、狡猾《こうかつ》な笑みを浮かべる使用人ばかりだった。これほどまでに使用人に尊厳を与えている絵ははじめてだ。《ミルクメイド》の女性は、うつむき加減で、顔半分が闇に隠されている。そのミステリアスな描き方は、彼女に一人の人間としての人格を授けていた。あのメイドはなにを考えているのだろう。

それに、布、パン、紙など、あらゆるものの質感を、彼は魅力的に表現していた。窓からのやわらかな光に照らされた、日常のとるに足らないものたちが、彼の筆によって輝きだす。それは奇跡とか、謎とかいった言葉を使いたくなるような、超越した力だった。しかも熟練した自在な技だからこそ、見る側はなんの苦労もなく描かれたように錯覚する。身近なものを親しみやすく表現しているので、キャンバスには、悠久の時間が流れている。すぐ目の前にあって、訪ねてみたくなるが、決して手が届かない郷愁、あるいは憧憬を、そこに感じる。

それ以来、私はヨハネスのことを観察するようになった。

ヨハネスだけでなく彼の家族関係も、注意を払って観察した。

結果分かったのは、ヨハネスは《ミルクメイド》のような素晴らしい作品を描くことができるのに、作品で生計を立てる気はほとんどないということだった。商才に乏しいヨハネスに、カタリーナは明らかに不満を抱いていた。「もっとたくさん描いてくれればいいんですけど」と近所の奥方に愚痴を漏らしているのも耳に挟んだ。

アトリエにこもって寡黙に制作ばかりしているヨハネスの代わりに、その作品を蒐集家《しゅうしゅうか》に紹介し、パトロンへの営業を行なっているのは、義母マリアだった。マリアは不動産業でも成功した敏腕なビジネス・ウーマンで、あくまで「商品」としてではあるが、ヨハネスの作品の価値を理解していた。一方、妻のカタリーナはヨハネスの芸術性さえも、理解できないようだった。

あるとき、夕食の席でカタリーナはこんなことを切り出した。

「アトリエを工房制にしてはどうかしら。あなたは年に、三、四枚しか制作しないでしょう？　それじゃあ、気長なコレクターにも逃げられる。お母さんとも話したんだけど、評判がよかった構図やモチーフを量産したり、そのペースを速めたりすれば、もっと効率的に絵画も売れると思うの」

たしかにカタリーナの言う通り、寡作な彼の手元には、売れる絵画はほとんどない。在庫がなければ、商売も成り立たない。無表情で黙っているヨハネスに、現実主義な義母マリアがこう付け加える。

「あなたが制作に集中したいっていうのは、よく分かるわよ。だから工房制にすれば、私がその運営は仕切ってあげる。そうすれば、あなたは毎日好きなことをしていられる。あなただって無名画家ではないし、批評家からも高い評価を得ているんだから、分業量産体制を敷かなくちゃ勿体ないわよ。細かい作業は弟子に任せて、あなたは大事な部分や仕上げだけをやればいいの」

二人の言い分はもっともだった。

死後も絶大な人気を誇るルーベンス先生も、おびただしい数の作品を描いているレンブラント先生も、弟子をとって工房制を敷いていた。しかも彼らの作品は、ヨハネスが挑戦したことのないような大作ばかりだ。

「なんとか言ったらどうなの、ヨハネス」

「それは無理だ」

「呆れた」

カタリーナはため息を吐いて、スプーンを置いた。

「母さんの不動産収入だけじゃ、家計に余裕はないのよ。少し前までの好景気はもう戻らないし、もしまた大国からの侵略を受けて、戦争が起これば、今の貯蓄じゃ路頭に迷うことになる。絵を買う人なんて、真っ先にいなくなるでしょうからね。子どもたちが飢えることになっても、あなたはいいの？」

ヨハネスはカタリーナの浪費癖を責めもせず、ただうつむいた。

「すまない」

カタリーナは唇を震わせ、なにかを言いかけた。

でも結局、三人とも黙り込んでしまった。

給仕係として傍らに立ち、彼らの会話を聞いていた私は、ヨハネスの気持ちが分かるような気がした。彼はきっと、一人でこつこつと絵に向かう時間が好きなのだ。それに工房制にして、お金儲けのために絵を描くとなると、軍人を鼓舞するような戦争画や、教会に飾られるような説教臭い宗教画に手を出さなくてはいけない。ヨハネスは、そういう絵に興味がないのではないか。争いやお金儲けよりも、人々の他愛ない日常生活を鏡のようにうつすことにこそ、大切な答えがある。社会が不安にとりつかれ、斜陽に向かっているからこそ、日常を描くべきだ。彼の絵からは、そんな哲学を受け取ることができた。でもその考えを本当に理解する者は、この家にはいないようだった。傍《はた》から見れば、愛妻家の子沢山で、パトロンにも恵まれているヨハネスだが、彼の孤独はそういったところから生じていたと思う。

フェルメール家のメイドになってしばらく経った頃、ヨハネスはアトリエを空けることが増えた。義母マリアの仕事を手伝い、各地の貸家を集金のためにまわっているのかと思ったら、デ・ヘール運河沿いにある部屋をわざわざ間借りして、絵を描いているという。そのことをメイド長から聞き、私は首を傾《かし》げた。

その理由は、やがて明らかになった。

ある日私はお使いとして、デ・ヘール運河沿いの部屋に届け物をすることになった。籠をさげて、広場を横切り、スヒーダム港まで歩いて行く。気持ちのいい日だった。部屋を訪れると、開け放たれた窓の前で、ヨハネスはイーゼルに向かっていた。

「君か」

こちらをふり返ったヨハネスの前には、一枚の風景画があった。

私は驚くとともに、その絵に目を奪われた。これまでヨハネスの絵は、ほとんどが室内画だった。外界は決して見えない具合に画枠の外にあるか、前景にカーテンや机といった障害物を置いて隠される。だから見る者は、彼が奥に隠した、内部の内部を覗いているような心地になるのである。

そんなヨハネスが、開放的な部屋で、外に向かって風景画を描いている。デルフトの玄関口であるスヒーダム港を、対岸から捉えた構図だ。画面の半分以上を、灰色の雲の浮かぶ青空が占め、その下には朱色や水色の屋根の建物が立ち並ぶ。さらにその前景では、ゆったりと運河が流れ、波紋をつくる水面には、街のシルエットがうつりこむ。

「どうして爆発前の景色を？」

つい声が震えた。

私たちの目の前に広がる、現実のスヒーダム港は、彼が描いた牧歌的で平和な光景とは異なっていた。一部の建物は大破し、橋も崩落している。なぜなら、しばらく前にデルフトの港では、武器火薬庫の大爆発が起こり、街の四分の一が吹き飛んでしまったからだ。千人単位の死傷者を出し、私の父もそのときに負った怪我の後遺症が原因で命を落とした。母は政府を責め、火薬庫の所有者を責め、作業員を責めた。しかし健康な父も、街の景観も戻らなかった。スヒーダム港はかろうじて被害を免れたが、背後の景観は大きく変化していた。ヨハネスが描いているのは、その事故が起こる以前の、失われた平和な街だった。

「僕の師は、あの事故で亡くなったんだ」

ヨハネスが描いた《デルフト眺望》は、この街で事故のために傷つき、大切な人を失った大勢の市民の魂を癒すような一枚だった。

「ところで、君に訊きたいことがある」

私は顔を上げて、ヨハネスを見た。

「この絵を、どう思う？」

「……どうって」

「正直に答えなさい」

ヨハネスの真剣なまなざしに促され、私はふたたび絵画を見た。

彼は絵のなかで、さまざまな仕掛けによって、空間構成を巧みに操作していた。たとえば、色彩の配置は現実とまったく異なる。建物の屋根の色は、絵画としてまとまりよく塗り替えられている。徹頭徹尾、写生精神に貫かれているわけではないのだ。実景を下敷きにしながら、細部を巧妙に改変し、理想の構図に近づけている。しかし現状では、まだ彼の過去作に比べれば、なにかが足りない。

小さな声で答える。

「誠に僭越《せんえつ》ですが……建物の影はもっと長い方がいいかと」

実際、デ・ヘール運河はゆうに百メートル以上の川幅があるので、水面にうつりこむ建物の影は短い。でも画中におさめるならば、空や建物、対岸とのバランス上、もう少し長い方がいいのではないか。

「同感だ」

満足そうに、ヨハネスは肯いた。

「なぜそんなことを、私に？」

「僕が気づかないと思ったか。君は僕のアトリエで窓拭きを怠っていた。メイド長は君を叱ったようだが、光量を変えないように気を遣ってくれていたんだろう。このあいだ、わざと楽器の位置をずらして、僕に斬新な提案をしてくれていたのも君だね」

「申し訳ございません！」

私は大慌てで、頭を下げた。

「謝らなくていい。君の言いたいことは、よく分かった。たしかにあのままじゃあ、モチーフが詰まりすぎて奥行が出しにくかった。むしろ君の提案に従った方が、鑑賞者の視線もうまく誘導できる。ありがとう」

耳まで真っ赤になっているのが、自分でも分かった。

「あの絵は、《合奏》という題名にしようと思っている。画中で、三人の男女が合奏をしているし、僕と君の共同で考えた絵でもあるから」

「光栄です」

「君には、芸術的センスがある。ちゃんと教育も受けていて、文字も読める。今は不運のせいで、メイドとして働いているけれど、そのまま一生を終えるのは勿体ない。一度、自分で絵を描いてみたらどうかな」

「私が？　女なのに？」

ヨハネスの突拍子もない提案に、私は困惑した。女が絵を描くなんて、聞いたこともないからだ。描かれることはあっても、描くなんてあり得ない。この方は本当に浮世離れしている。

それ以来、私は仕事の合間に、アトリエでヨハネスと話をするようになった。話題は絵画のことばかりだった。絵画のことしか頭にないヨハネスは、私に顔料――ラピスラズリやウルトラマリンといった高額で最先端の絵具――やカメラオブスキュラといった技法について教えた。彼に手ほどきのつもりはなく、単に家族とは共有できなかったことを、誰かと分かち合いたいようだった。つまり私は都合のいい話し相手だった。私の方も、ヨハネスと話すのは純粋に楽しく、あっというまに時間が過ぎた。彼は私にとって、亡くなった父を思い出させる存在だった。

しかし私のことを、カタリーナや娘たちは疎みはじめた。

あるとき、ヨハネスは私をモデルに絵を描くと言い出した。

「モデルを務めていると言えば、アトリエにもいやすくなるだろう」

私は承諾した。しかしその決断は、妻子をいっそう不愉快にさせたようだった。私はフェルメール家で肩身が狭くなり、些細な嫌がらせを受けることもあった。私はモデルを務めながら、もし自分が女でなければ、と考えた。男だったら、彼の「弟子」として正式に指導を受け、あれこれと語り合っても不審な目では見られない。ヨハネスは弟子を一人もとらない主義なのに、そんなことを想像する私は、完全に動揺していた。すべては「自分で絵を描いたらどうだ」というおかしな提案のせいだ。

しかも私はヨハネスに対して、父とは異質な感情を抱きはじめていることに、薄々気がついてもいた。たとえば、視点の話をしていて顔を近くに寄せられたり、顔料の準備をするときに手を握られたりすると、顔が熱くなり心臓は高鳴る。もっと彼に触れたいし、触れられたい。これではカタリーナたちから疑われる通りではないか、と自分で自分を戒める。けれども、そんな私の葛藤をよそに、ヨハネスはとうとう私の夢にまで登場した。夢を見ている最中は幸せでも、目が覚めると罪悪感で気は沈んだ。わけてもつらいのが、ヨハネスはカタリーナを愛していると明言し、私には特別な感情を抱いていないという現実だった。ヨハネスが誠実な夫であり、私を一切「女」として見ていないことは、態度の端々に滲《にじ》み出ていた。

そうして完成したのが、この《少女と手紙》だった。

前景のカーテンによって隔たれた、部屋のなかの、さらに内側を覗き見ているような、彼らしい構図の絵画だった。私はそれを見て、自分の心のなかの、さらに秘密の部分まで、ヨハネスに見透かされているように感じた。

それはヨハネスが、類まれな芸術家である故だった。

ヨハネスの絵画はすべて、決して明確な答えを提示しない。だから答えは見る人それぞれのなかにある。たしかに《少女と手紙》のなかでも、宛先は家族、恋人、友人、また吉報か悲報かさえ、定かな情報は提示されない。ただ一人ヨハネスを除いて——いや、ヨハネスのなかにも、具体的な答えは準備されていないのかもしれない。

でも私は《少女と手紙》を見たとき、一目で確信した。ヨハネスは私の気持ちに気がついている。なぜなら彼は、私の繊細な心情を、画面上で見事に再現してみせていたからだ。少なくとも私には、描かれた女の内面が痛いほどに分かった。彼女は物憂げなおももちで、熱心に手紙を書いている。それはまさに恋文であり、想いの叶わない相手に、密やかに宛てられている。書き終えても、投函さえされないかもしれない。それでも彼女は書かずにはいられない。そんな行き場のない憧れが、表情だけでなく、暗がりに浮かび上がる幻想的な部屋全体の情調から見てとれる。

私は耐えられなくなった。

カタリーナにも、この気持ちを勘づかれるに違いない。こんな風に暴露された以上、早くメイドを辞めねば。最悪の場合、不義を疑われ、罰せられるかもしれない。しかし完成した絵を見たカタリーナの反応は、意外なものだった。

「メイドのくせに、読み書きなんてできないでしょう」

そもそもカタリーナには、この絵のモデルが本当に私であるということさえ、感じ取れないようだった。私は自ら、メイドを辞めると申し出た。少しは引き留められることを期待していたが、ヨハネスは「分かった」と肯き、形式的なねぎらいを述べただけだった。

あれから長い月日が経って、私は結婚し、出産した。デルフト郊外の田舎で、家族とともに暮らしている。フェルメール家のメイドを辞してからは、彼や絵のことなど考えもしなかった。しかし今、蒼白い月光の下で、ヨハネスの絵を見ていると、彼と交わした会話や過ごした時間、あのときの感情が否応なしによみがえり、居ても立ってもいられなくなる。

この絵画は、時空を超えて、彼から私に宛てられた手紙でもあった。

ヨハネスは去年、とつぜん病に倒れて、息をひきとったという。なにが彼を死に追いやったのか、彼が死の間際になにを思っていたのか、私には知りようがない。でも少なくとも彼は私にこの絵を託すことで、師弟関係でも、男女関係でもなく、芸術を介したなにかしらの特別な想いを届けてくれたと信じている。

＊

「切ないですね」

読み終えた晴香は、フェルメールの絵画に秘められた、メイドの淡い初恋について考える。これまで熱狂的ファンが多すぎて、とっつきにくいと感じていたフェルメール作品だが、画家を支えた人々との関係性を読み解くと、急に親密で身近なものに感じた。

本当だな、とスギモトは肯く。

「ナショナル・ギャラリーのキュレーターに訊いたら、世界に数点あるフェルメールの非真作のなかで、《少女と手紙》はもっとも真作に近いとされていたらしい。科学分析の結果でも、支持体や顔料はフェルメールが生きた十七世紀のものと一致することが分かっていてね」

「なるほど。このディアナという書き手は、どうなったんでしょう」

「画家になった、と言いたいところだが、当時女性の画家なんて皆無だ。近代以前の西洋美術史は、男性中心の歴史だからね。一般的に知られている芸術家なんて、ほぼ全員が男性だと言っていい。女性は描かれる対象でしかなかった。フェルメールは先進的な考えを持っていたようだけれど、ディアナは《少女と手紙》を大切にしながら、母親や妻としての生涯を終えたんだろう」

そう結論付け、スギモトはスマホを手に取った。

「どうやら、アンジェラの疑いも晴れそうだ」

「本当ですか」

「ああ、今ハーグの公文書館にいる知人から返事があって、古文書の発見は極秘情報として扱っていたから、オランダ国内の限られたキュレーターや研究者にしか漏れていないらしい。アンジェラは顔が広いけれど、彼女の人脈は主にコレクターをはじめ富裕層だ。キュレーターや研究者に太いパイプがあるわけじゃない」

「ハワード卿から漏れた、という可能性は？」

「つながりはあっても、親族にさえ黙っているんだから、オークション会社の顧客担当に言うなんてよっぽどだ。それに話を聞いた印象では、ハワードは慎重で堅実そうな人物だったしね。《ひまわり》の存在だって、俺たちからたまたま聞いただけだ。そこまで偶然が重なるとは考えにくい」

「よかったですね」と晴香は胸をなでおろす。

「俺は最初から疑ってなかったけどな。アンジェラが事件に関係しているわけがない」

フラットで《ひまわり》を見せたときにも感じたが、スギモトはアンジェラを本当に信頼しているらしい。普段は、滅多に人を信用しない個人主義者なので、彼にとってアンジェラは例外なのだと実感する。

それから二人は、学会で発表を行なう予定だった専門家など、フェルメールの新情報を知っていた関係者のリストを整理した。

夜も更けた頃、スギモトのスマホが鳴った。

彼は短く相槌を打ち、通話を切った。

「今から警視庁《MET》に行く」

「こんな時間に、ですか」

「犯行グループが絵画二点との交換条件を出してきたらしい」

「え」と声が大きくなる。

やはり彼らの目的は転売ではなく、警察との取引だったのだ。

「早く行くぞ」

「私も？」

「マクシミランいわく、俺たちにコンサバターとして依頼があるらしい」

4

ロンドン警視庁は、国会議事堂やビッグベン時計塔から、ウェストミンスター橋を挟んだ北側にある。テムズ川に面し、玄関口には「ニュー・スコットランド・ヤード」という看板が、闇のなかで煌々《こうこう》と光っていた。

受付ではマクシミランが待っていた。はじめてMETを訪れる晴香に、通行証を渡したあと、二人をエレベーターホールに案内した。誰もいないエレベーターに乗り込み、スギモトは訊ねる。

「犯人側の要求は？　買戻しか、テロリストの解放か」

「これから説明する」

マクシミランは目を合わせずに答える。

「スミスやハワードには知らせたのか」

「まだだ」

「おいおい、時間を無駄にしてる場合じゃないんだぞ。こうしてるあいだにも俺たちが盗まれた《ひまわり》は――」

「知ってる。大人しくついて来い」

従兄の珍しく苛立《いらだ》った口調に、スギモトは黙り込んだ。

エレベーターから降りて、長い廊下を歩くあいだ、何人もの警官や市民とすれ違う。夜間とはいえ、さすが犯罪都市ロンドンである。「Art and Antique Squad」と切り抜き文字の貼られた、磨《す》りガラスの扉が開けられた。

窓の大きな開放的なオフィスだが、台風でも過ぎ去ったかのように散らかっている。ロブを含む三人の刑事が集まってミーティングをしていた。彼らはスギモトと晴香を見ると、話し合いを中断させた。

そのうちの一人に、晴香は見覚えがあった。

白髪の赤ら顔で、スーツの着こなしや物腰から、その肩書が窺い知れる。

リチャード・メイ警部だ。

美術特捜班が存続するのは、この警部の尽力に依るところが大きいらしい。メイ警部はあちこちで講演を行ない、取材にも積極的に答えている。スギモトが民間顧問に就任するに当たり、晴香はそれらの資料に目を通していた。

——年々、組織的になる美術犯罪は、庶民の生活からほど遠いイメージですが、経済、政治、治安の面で、深刻な悪影響を及ぼしています。アメリカや欧州各国では、イギリスの何倍もの予算を投じて、その解決に取り組んでいるのです。

そう語るメイ警部は、美術特捜班の必要性を強く訴えていた。

美術特捜班は一九六九年に発足して以来、たびたび解体されてきたという。メイ警部の念願が叶い、今の母体ができたのはゼロ年代だ。記事によれば、それまでは美術盗難品を発見しても、管理体制がずさんで、そのまま横流しする悪徳刑事も少なくなかったようだ。美術特捜班の再編成は、腐敗した警察組織を立て直すという意味合いもあったと書かれていた。

「まずは、彼らに詳細を話してくれ」

メイ警部の指示にマクシミランは肯き、二人を別室に案内した。物であふれた、倉庫のような会議室だ。人手不足であると容易に想像がつく。マクシミランは椅子のうえに置いてあった物を移動させ、三人分のスペースを確保した。

「約一時間半前、一通のメールが警視庁に届いた。ちなみに、差出人の情報は暗号化されている。今のところ、交渉の余地はない」

マクシミランはスマホを掲げ、メールの文面を二人に見せた。

【ゴッホの《ひまわり》とフェルメールの《少女と手紙》の二点は、われわれの手中にある。現在ロンドン警視庁、美術特捜班の管理下に置かれている、ヒースロー空港地下倉庫の盗品を、すべて速やかに引き渡せば、盗んだ二点の返却に応じる】

メールには、さらに具体的な指示がつづいていた。ヒースロー空港のどの滑走路を使用して、どの機体に、どのように載せるか。そして出発の日時は、四日後の深夜に指定されていた。

「なんだよ、このヒースロー空港地下倉庫の盗品って？」

スギモトは動揺を隠さずに訊ねる。

「そのことを説明するには、まずは美術特捜班について詳しく話さなきゃいけない。僕たちが背負っている使命についてね」

マクシミランは深呼吸をして、語りはじめた。

「君たちも知っている通り、美術特捜班は、美術品にまつわるさまざまなトラブルのうち、法に抵触するケースを解決することが主な任務だ。美術市場では贋作も出回るし、今回のような盗難も起こるからね。ただしそれと並行して、発足以来ずっと行なってきたプロジェクトがある」

「プロジェクト？」とスギモトは眉をひそめた。

「ヒースロー空港での盗品の回収だよ。ロンドンは世界一の美術品市場であり、同時にさまざまな国から不正に持ち出された文化財が、世界でもっとも流入する都市でもある。いわばブラック・マーケットの中心地なんだ。大英帝国の悪しき伝統として、盗品を買う輩がうようよいるからね。そういった盗品がもっとも検挙されるのは、物流の要であるヒースロー空港の税関だ。だからヒースローで盗品を回収すること――それが、われわれ美術特捜班の大きな任務なんだよ」

「イギリス邦貨の流出を水際で防ぐために、か」

「その通りだ。イギリス人の金持ちが盗品を買えば、詐欺グループに利益を与えるだけではなく、イギリス資本の流出にもつながる。もちろん、自国の金が海外に行くことを防ぐ目的以外に、文化財保護の観点でも重要な仕事だ。だから空港で厳しいチェックを行なってきた。しかも盗難ルートの裏側には、たいていマフィアや詐欺グループが存在する。盗品の捜査をきっかけに、彼らの動向が分かり、他の部署の捜査に役立つこともある。そして回収した盗品は、ヒースロー空港の地下倉庫で、大切に保管してきた」

「ちょっと待ってくれ。君たち警察が、空港で盗品を回収してきたのは理解できる。でもどうして保管までしなくちゃいけない？　その都度、持ち主や原産国の博物館に返却すればいいじゃないか」

「そこが問題なんだ。たとえ盗品を回収しても、原産国に返却できない方が多いんだよ。とくに紛争が起こっている国の場合、盗難や破壊の危険にまた晒されるだけでなく、非合法な武装勢力に武器の資金源を与えるようなものだ。だからヒースロー空港に地下倉庫をつくって、いったんわれわれが保管しているわけだ。その極秘倉庫では、今も帰国の時を待つ盗品が、山のように眠っている」

「具体的には？」

「数で言うと、四千点。数十トン以上だ」

「なんだって！　どうやってそんなに集めた？」

スギモトは声を大きくして訊ねる。

「空港で検挙したんだ」

「でも相手だってプロだろう。X線や税関職員だけでそれだけの数を回収できるなんて、とても信じられないぞ」

マクシミランは無表情で腕組みをして答える。

「その辺りは言えない」

「なぜだ？　民間顧問なんだから、教えろよ」

「民間顧問でも話せない。とにかく犯行グループからの要求について理解したか？　要求に応じるにせよ、応じないにせよ、こちらには不利ということだ。早急に出方を考えないといけない」

スギモトは不満げだったが、検挙法について従兄が話す気はないと悟ったのか、質問を変える。

「このあいだ調査を頼まれた金銅製の冠も、そのケースだったわけだな」

「ああ」

「あれはいつ検挙された？」

「十年以上前だ。調査が追いついてないんだ」

「十年？　なんてことだ」

頭を抱えるスギモトをよそに、マクシミランは淡々と話を整理する。

「応じる場合、《ひまわり》と《少女と手紙》が仮に戻ったとしても、今まで美術特捜班のやってきた仕事が水の泡になる。しかも警察が犯罪組織に屈することにもなる。だが応じない場合、《ひまわり》と《少女と手紙》は戻って来ない――」

「いや、それはなんとしてでも避けてくれ。俺たちのコンサバターとしての人生がかかってるんだ！」

スギモトが言うと、会議室の扉の方から声がした。

「君の言う通りだ。だから相談したいことがある」

メイ警部だった。「盗品の複製をつくってほしいのだ」

「複製って、四千点のですか」

「いや、全部とは言わん。そもそも相手が、空港倉庫に眠る盗品の全貌を、すべて正確に把握しているとは思っていない。四日以内にできる範囲でいい。たとえ数点でも、交渉材料になるかもしれないから」

　メイ警部に指示されて、マクシミランが机のうえにファイルを重ねた。

　空港倉庫の盗品リストだった。十冊を超える。

　スギモトは引き攣《つ》った笑みを浮かべる。

「無茶ですよ、警部。たった四日間で、できる質なんて知れています」

「まずはファイルを見ろ。盗品の多くが破損しているもの、見た目ですぐに価値の分からないものがほとんどだ。複製を引き渡せば、少なくとも文化財は守れる。それにたとえ転売されても、贋作と判明すれば、われわれにとっても好都合だ」

「いやいや、相手はプロで、美術に関しても詳しい。だとすれば、下手《へた》な複製を引き渡す方が危険です」

　スギモトが憤りを露《あらわ》にして言うと、メイ警部は冷たく切り返す。「他にどんな方法がある」

「お言葉ですが、今までヒースロー空港に溜め込んでいたことが間違いだったのではないでしょうか。ざっと見ただけでも、人知れず放置されるような質量じゃない。これじゃ一国の文化がまるごと凍結されているようなものです。美術特捜班がこれらを本当に守るための組織なんだったら、盗品群について、どうして今まで返却する努力を怠っていたんですか」

　メイ警部はうんざりしたようにマクシミランと目を合わせたが、スギモトの怒りは修復士として当然だった。

この事件が起こっていなければ、二人はあのままマクシミランの依頼を受けて、金銅製の冠などの、原産国の特定と保存修復を行なう予定だった。ふたたび誰かの目に触れ、歴史の証人となることを願って、事務所から大切に送り出すつもりでいたのに、じつはヒースロー空港の地下倉庫に吸い込まれることが決まっていたとは。

「君はまだ、なにも分かっていない。今マクシミランが説明したように、本当なら、いくらでも返却したいさ。しかし下手に送り返せば、またすぐに犯罪の憂き目に遭い、闇市場に散らばる。そうすれば、原産国には二度と戻れない。仕方のないことなのだ。手放せば、火に油を注ぐ結果となる」

スギモトは黙り込み、メイ警部から目を逸らした。

「受け入れがたい事実なのは、私たちも同じだよ。しかしそれが現実というものだ。それに、地下倉庫の存在を公にしてしまえば、間違いなく犯罪組織の標的になる。だから極秘裡にこのプロジェクトを進めていた。今回のようなケースが起こることを、われわれは一番恐れていたのだよ」

「いわば、難民なんだよ、ケント。故郷を失い、ここしか行き場がない。そう簡単に、故郷には戻れないんだ」

マクシミランが横から諭すように言う。反論の余地がなかった。

「少し時間をください。助手と可能性を探ります」

スギモトは言い、ファイルを自らの方に引き寄せた。

晴香はスギモトを手伝い、リストに目を通した。多くが中東から流出した、シルクロードを古来行き来した貴重な文化財だった。九〇パーセント以上の原産国は、アフガニスタンと認定されている。

晴香は以前、アフガニスタンの文化財保護をめぐるシンポジウムに参加していた。

アフガニスタンは、シルクロードの要として「文明の十字路」であると同時に、ペルシャ兵、アレクサンドロス大王の軍団、チンギス・ハーンのモンゴル軍、ティムール帝国の騎兵に至るまで、数千年にわたって「戦乱の十字路」でもあった。

だからこそ、きわめて稀有《けう》な文化の坩堝《るつぼ》として、さまざまな至宝が眠っている。またヒンドゥー教、仏教、イスラム教といった宗教が大きな轍《わだち》を残し、西洋と東洋の両方から影響を受けたため、豊かな文化のモザイクを醸成した。

そうした背景から、ギリシャ・インド様式、ガンダーラ彫刻をはじめ、ラピスラズリなどの特産物を用いた美術工芸品が生まれ、以前スギモトが言っていたように、日本の正倉院でも長らく愛でられている。

一九二〇年代、当時の国王がフランス政府に文化財の発掘権を与え、ギメ美術館の管轄下で、現地調査を開始した。「黄金の丘」を意味するティリヤ・テペの遺跡群をはじめ、数万点にわたる品々が発掘され、首都カブールに建設された国立博物館に集められた。

しかし六〇年代から、ソ連の軍事的介入と内戦のせいで国土は荒廃し、発掘作業も中断された。さらに冷戦を背景に、北にソ連、南にアメリカの同盟国パキスタンに挟まれ、アフガニスタンは身動きがとれなくなる。

九〇年代になり、カブール博物館をはじめ、アフガニスタン全土の遺跡から、数多の文化財が違法に流出した。ゼロ年代には、イスラム教組織タリバンがバーミヤン仏を破壊。タリバンが客人として迎えたアルカイダが9・11を起こしたあとは、各国の軍がアフガニスタンに増派し、いまだ平和にはほど遠い。

晴香の知る限り、ユネスコをはじめ、日本を含む世界各地のミュージアムや文化遺産に関する協会が、破壊や盗掘から文化財を守ろうと手を差し伸べてきたが、どれも焼け石に水だった。まさか時を経て、現在それらの多くが回収され、ロンドンのヒースロー空港の地下に眠っているとは。

しかしそれらをたった四日で複製しろというのは、たとえ交渉材料にするための数点であっても、無理すぎる注文だった。明らかに偽物と分かるものとすり替えたところで、スギモトの言う通り、プロの手口で作品を攫《さら》っている犯行グループの目は欺けない。リストを確認するほどに、みぞおちの辺りが重苦しくなった。さすがのスギモトも困惑した表情で、頭を抱えている。

「それにしても、犯人はアフガニスタンに縁があるんでしょうか」

「なぜだ」

「ハワード卿の邸宅で、背後にバーミヤン仏の描かれた肖像画を見たんです。とくに気にしていませんでしたが、他の西洋趣味そのもののような内装のなかで、あのバーミヤン仏だけは異様にうつったのが記憶に残っていて」

スギモトはすぐにラップトップを開いた。するとハワード家は、百年以上前にアフガニスタンに攻め入ったイギリス軍人兼外交官の末裔であると分かった。《ひまわり》の所持者であるスミスも、アフガニスタンで財を得た資産家だ。重要な共通項が判明したが、犯人の実像にはまだ遠い。

方針がまとまらないまま、時は経過した。夜食として買って来たサンドイッチは、手をつけられないまま、脇へ押しやられている。明け方になって、マクシミランが動揺しきった様子で、晴香とスギモトのいる会議室に現れた。

「ケント、これを見ろ！」

マクシミランはそう言って、スマホをスギモトに手渡した。

「また犯行グループからメールだ。しかもこのメールは、美術特捜班の刑事のアドレスに、いっせいに送信されてる」

胸騒ぎをおぼえながら、晴香はスギモトの手元を覗きこむ。

スギモトがメールに貼られていたリンクをタップした。

メールで届いていた交換条件の文面が、十数秒にわたって表示された。

その直後、画面が切り替わった。無機質な部屋のなかに、覆面をかぶった男と、その背後に絵画がある。

ゴッホの《ひまわり》と、新しく発見されたフェルメール作品だ。

覆面の男は、《ひまわり》に向かうと、右手を上げた。

そして画面中央に描かれた、もっとも生き生きと咲き誇る花の脇に、その手を置いた。

男の右手は、指揮棒でもふるように、すっと平行移動した。

手が移動した跡に沿って、線ができている。

それを見て、晴香はやっと気がついた。

絵が切られている！

男の手には、カッターナイフが握られていた。

覆面の男は、新聞記事でも切り抜くように、なんの躊躇もなく、手際よく絵画に刃を入れていった。そして中央の花の周囲を、四角く切り抜き、カメラに向かって掲げた。晴香は叫びそうになるのを堪《こら》えるのがやっとだった。

会議室を出てオフィスに向かうと、メイ警部が憤ったように言う。

「落ち着け。こんなチープな映像を信じるわけにはいかない。この作品は偽物で、ただの愉快犯による声明の可能性もある。映像越しでは、切られた作品が本当に盗まれた作品なのかは分からない」

特捜班の別のメンバーが答える。

「テロ対策司令部の報告によると、アイルランド共和軍《IRA》でもＩＳでもありません。反政府的な左派か急進派かもしれませんが、確実なことはなにも」

メイ警部はその場にいる全員に向かって告げる。

「とにかく、マスコミには絶対に情報を流すな」

「しかし警部、もう漏れています」

「なんだって？　最高レベルの報道禁止令を出せ」

「いえ、この映像はユーチューブで公開されているんです。いくつか消去しましたが、すでに全世界に拡散されています」

「今はツイッターで話題に」とロブが言う。

コメントもさまざまな言語で上がっている。

【ゴッホが切られてるｗｗ　ウケる】【花のところだけ。仕事が丁寧！】【どうせレプリカだろ?】【ヒースロー空港の倉庫ってなに】【人命じゃなくて、作品が相手なんだから早く返せよ】

コメントはリアルタイムでどんどん増加していく。暇なユーザーによって、切り抜かれた花の部分が合成されたパロディ画像が、早くも出回っていた。全世界に拡散されたその動画は、さまざまな時差のなかで、お祭り騒ぎを起こしているようだ。

その直後、捜査員がメイ警部に小包を届けた。

「警部宛てです」

メイは受け取った小包を、部下たちの前で粗雑に開封した。なかには、緩衝材で丁寧に包まれたファイルが入っていた。ファイルのなかにあった予想外のものに、メイは顔色をさらに青くした。

ファイルに挟まれていたのは、十五センチ四方ほどの、大き目のコースターのような布切れだった。よく見ると、表面に絵具が塗られている。絵画の切れ端――ゴッホが描いた《ひまわり》の花の部分に酷似していた。

メイ警部の手から、スギモトがすぐさまその切れ端を奪う。

数秒して、そっとテーブルの上に置いた。

「あとで科学分析にかけますが、おそらく本物です」

「でも作品を無駄にしてしまったんじゃ、交渉は成立しないぞ」

刑事の一人が困惑した様子で言う。

「いや、切れていても、焼失したわけじゃない。つなぎ合わせれば、ある程度はもとに戻すことも可能だ。そのことを犯人は知っている。そうだろ、ケント？」

しかしスギモトはなにも答えなかった。

マクシミランは彼の表情を見て、閉口した。


晴香は気分が悪くなり、なにも言わずに一人、廊下に出た。

窓の向こうには、朝靄《あさもや》に包まれたロンドンの街並みが広がっている。

晴香はベンチに腰を下ろした。

そして実感する。本当はなにも理解していなかったことを。盗難事件の深刻さを。

いずれは戻って来ると思っていたし、刑事であるマクシミランが協力してくれているのだから、なんとかなるだろうと構えていた。作品の見張り役として目の前にいたのに、居眠りしてしまったことの責任の重大さを、まったく分かっていなかった。

修復士として作品を切り刻まれるところを目撃するのは、身を切られるように苦しく屈辱的だった。

しかも、もとはといえば自分のせいなのだ。

自分が居眠りさえしなければ。

視界がぐるぐると回転し、吐き気に襲われる。

コンサバターは、誰のために仕事をするのか。作者のため？　持ち主のため？　でも結局のところ、コンサバターは作品のために存在する。作者や持ち主の考え方によって、ときに作品にとって一番いい修復ができなくても、本当に志を持った修復士は、なにより作品のためを考えている。

しかしスギモトと二人で細心の注意を払い、丹誠を込めて修復した作品は、無残にも切り刻まれてしまった。イギリスでの生活や職を失う危険など、あの映像が与える途方もない打撃に比べれば、生易しいものだった。

「晴香」

スギモトの声がした。

無表情でこちらを見下ろしている。

晴香は彼の目を見ることができず、ふたたびうつむいた。

彼は無言で、となりに腰を下ろした。

膝のうえの拳が、固く握られている。

さきほどの映像に、彼が怒らないわけがない。

「すみません、私のせいで……本当にすみません」

涙が落ちた。すると彼は拳をひらき、晴香の方に伸ばした。そして冷たくなった晴香の手に、そっと重ねた。

「泣くな」

「だって私が呑気《のんき》に居眠りなんてしなきゃ――」

「それは違う」

スギモトは晴香の手をさらに強く握ると、こう囁いた。

「心配しなくていい。まだ作品が完全に失われたわけじゃない。それに、相手は俺を本気で怒らせた。スミスの《ひまわり》を修復していたのが俺だったことが、運のツキだったと必ず思い知るだろう。絶対に、俺が解決してみせる」

「でもどうやって」

「心当たりはある」

そう言って、スギモトは晴香の手を離し、まっすぐ目を見つめた。

「ある人物を捜す。ずっと昔、俺が出会った修復士だ」

第三章

《合奏》

口をつけようとしたロックグラスの底に、小さな欠けと亀裂が入っていた。衝撃が加われば、容易《たやす》く割れるだろう。グラスを手に取っている女は、しげしげとその疵を眺めた。樹脂で埋めて、表面を研磨する。さらにコーティングで補強を加えれば。

——けち臭い仕事ばっかりやってないで、上物をねらわないか。

三十分前、画商から言われたことが、頭をよぎった。

女はグラスを、カウンターテーブルにそっと置く。

——あとで連絡するから、考えておけ。

誰のどんな作品なのか、画商は説明しなかった。危険な臭《にお》いしかしない。高額な依頼に手を出して、消息不明になった同業者は大勢いる。女はため息を吐いて、手元の携帯電話を一瞥する。着信もメールもない。今断らなければ、きっと「上物」とやらを扱う破目になるだろう。

ふたたびロックグラスを手に取り、口をつけると、視線の先にテレビモニターが目に入った。そのニュース番組に注意を払う客は、パブの店内に一人もいなかった。しかし女の目は、テレビに釘付けになった。

【米国ボストンの、イザベラ・スチュアート・ガードナー美術館から、ヨハネス・フェルメールの《合奏》が一九九〇年に盗難されて、今年で二十年が経過しました。同館長は、事件の風化を防ぐためにも、情報提供者に最高五百万ドルの懸賞金をかけることを発表しました。驚きの数字ですが、《合奏》は盗難品としては史上最高額の絵画であり、評価額は二億ドルを超えると言われています。さて、つづいてのニュースです——】

女は咄嗟《とっさ》に、また携帯電話を見た。

やはり断るべきではないか。相手から連絡が来る前に。

「男からの連絡待ちか？」

ふたつとなりのカウンター席にいた男性客が、酒臭い息で訊ねた。女は言いようのない不快感をおぼえた。このパブは値段が安い分、来る客も安っぽい。女は無言で、男に侮蔑の視線を送ったあと、ウィスキーを飲み干し、勘定をテーブルに置いた。

「欠けてる」

女はグラスを指し、店主に言った。

店主は女とグラスを見比べたあと、好きにしろという風に手で払った。

女はなにも言わずに、グラスを鞄に入れた。

店を出ると、身を切り刻むような風が吹いていた。しばらく歩くと、肩を叩かれた。ふり返った瞬間、痛みともつかない衝撃で、火花が散った。数秒、呼吸ができない。冷たい石畳が目の前にあった。見上げると、さっきパブで絡んできた男が、中指を立てて「クソ女」と吐き捨てていった。

この辺りの団地で、まともな暮らしをしている人間は一人もいない。手すりは錆び、落書きだらけの階段。開けるたびにギーギーいう隙間の空いたドア。ひどい湿気のせいで黴だらけの壁紙。数週間前からガスが使えない。

「その傷、どうした?」

居間でテレビを観ていた母親が、上体を起こした。

「誰にやられたんだい」

女は黙ったまま、奥歯を嚙んだ。理不尽に殴りかかられた怒りがよみがえる。恐怖はなかった。女は人や物に対して、滅多に恐怖を感じない。その代わりに、自分を貶《おとし》めた相手には、報復をしなければ気が済まなかった。

女はグラスを机に置く。せめてこれが割れなくてよかった。親から店を継いだ店主は知らなかったが、れっきとしたヴィンテージ・グラスである。疵で見えづらいものの、底にロゴも記されている。捨てるには勿体ない。

　母親をベッドルームに寝かせたあと、女は自室に入った。

　三メートル四方の狭い部屋だ。中央の作業机の周囲には、絵画、彫刻、工芸品といった多様な美術品の他、道具関連の箱が並んで、足の踏み場もない。壁面には、数々の資料や道具を収納した、背の高い棚がそびえる。

　女は作業机につくと、照明をつけてルーペをかけた。

　扱うのは、盗品ばかりだった。自ら盗品を引き受けると決めたわけではない。頼まれるものを断らずにいたら、激しく損傷した、明らかに犯罪に巻き込まれた作品ばかりが集まるようになっていたのだ。

　持ち主や来歴について、女は構わなかった。作品そのものは、要求も裏切りもしないからだ。手をかければ、その分反応がある。しかし盗品の修復から得られる報酬は、正規の作品よりも少ない。どれだけの仕事をこなしても、収入は微々たるものだ。

　さっきから壁越しに、母親の咳がずっと聞こえる。

　そのとき、携帯電話が鳴った。

「外に出ろ」

　通話ボタンを押すと、画商の声がした。カーテンの隙間から外を見ると、黒いワンボックスカーが停車している。女は「了解」と答えて、通話を切った。着古した油脂加工の上着《オイルド・ジャケット》をはおり、仕事道具を入れた鞄を持つ。

外に出ると、ワンボックスの前に、見たことのない東欧人らしき大男が立っていた。大男は女を見ると、訛《なま》りのある英語で訊ねる。

「お前がコンサバターか」

女は肯いた。

「乗れ」

煙草臭いワンボックスには、運転手ともう一人、武装した男がいた。すぐさま女の頭にずだ袋がかぶせられた。埃と汗に混じって、かすかに血の臭いがする。車は停車をくり返しながら、けっこうな時間を走行した。途中、男たちがスラヴ系の言語で会話をするのが聞こえた。

やがてドアが開く音がして、強い力で腕を摑まれた。地面に降り立つと、濡れた犬のような異臭が漂った。両脇を抱えられながら、女は歩いた。風の音が止んで、屋内に入ったと分かる。今度は階段を下り、金属音が響いた直後、目の前がぱっと明るくなった。ずだ袋が取り払われていた。

目が慣れるのに、数秒かかった。女が立っていたのは、広々とした倉庫のような、無機質な空間だった。天井から蛍光灯に照らされ、窓の類は見当たらない。おそらく自分たちが入ってきた鉄扉の前には、車内でとなりに座った男と運転手が立っていた。

「あれだ」

東欧系の大男が言った先には、一枚の絵画がイーゼルに立て掛けられていた。一メートル以下の小品だが、立派な額におさめられている。詳細は陰になって、よく見えない。だが、女は一目で、それがなんであるのかを直感した。

その直感が正しければ、たとえ見なくても脳内に正確に思い描ける一枚だった。同じ画家の作品を実際にこの手で修復したこともあるし、研究論文も書いた。舐めるように何度となく、言葉で描写してきた作品だ。

女は動揺を隠しながら、一歩ずつ近づく。

三人の人物が描かれているはずだった。一人は画面の中央でハープシコードに向かい、窓から射しこむ光を受ける女性。もう一人は彼女に向かい合い、歌を口ずさむ。そんな女性二人のあいだにいるのは、背中を向けたリュートを演奏する男性だ。

彼らは、合奏している。

鑑賞者の手の届かない、隔てられた室内の奥で。

画面左上から対角線上に、演奏者に降り注ぐ光を、繊細に描写したその絵からは、厳かな旋律が聞こえるようだった。その旋律は、配置された色の響き合いと重なって、複雑なリズムを織りなす。

しかし実際、イーゼルに立て掛けられていたのは、たしかにその面影を残しつつも、見るも無残な姿と化した一枚だった。四分の一以上を欠損しているうえ、十字形に折り曲げた痕があり、その部分は絵具が剝落している。

さらに絵具の劣化ははなはだしく、全体が黄色くくすんでいた。まさか、これが本当に《合奏》なのだろうか？　いや、まったく別物にも見える。平静を装いつつも、女はその場から動けなかった。

「一ヶ月でやれ」

大男は言った。

無茶だった。普通にやれば一年、いや、数年はかかる。

女が黙り込んでいると、大男は「聞いてるのか」と女の肩を摑んだ。

鉄扉の前に立つ男の一人が、煙草に火をつけている。

「汚い手をどけろ」

低い声で呟き、正面から見据えると、大男は小さく後ずさった。

逆上する間も与えず、こう伝える。

「持ち主は私を指名した。私の力が必要なら、丁重に扱え。それから、英語のしゃべれないお友だちに、さっさと煙草を消せと言え。ここでまた煙草を吸ったら、お前の命はないぞとな」

絵の脇には、油彩画の修復に必要な道具が揃っていた。持参したものと合わせれば、なんとかなるだろう。もはや女にとって、目の前にある絵は、史上最高額の盗難品でも、フェルメールの名画でもなんでもなかった。

他の多くの作品と同様、自分の手に運命が委ねられた造形物。

ふたたび命を吹き込むべき対象。

仕事にとりかかった女の脳裏を、あのニュースがよぎる。

――情報提供者には、五百万ドルの懸賞金が与えられる。

これで私の人生も、やり直せるかもしれない。

1

眩しさで目が覚めた。一瞬、日本に戻ったのかと思った。明るく澄み切った青空だ。芝生の匂いがする。手のひらを動かすと、草の感触がした。背中が痛くて、ゆっくりと身体《からだ》を起こす。乾燥した冷涼な風が吹き抜けた。

晴香は深呼吸をする。

離れたところで、人々がクリケットの試合をしていた。子どもの笑い声がする。手元には、日本語の本が伏せて置いてあった。厳選してスーツケースに詰めた文庫本や電子ブックリーダーではなく、好きな作家の紙の新刊だった。

大きく伸びをする。

なんとも言えない気持ちのよさだった。

「晴香、やっと起きたね」

ふり返ると、母と祖母がピクニックシートのうえに腰を下ろしていた。二人が囲むちゃぶ台には、紅茶のポットとカップが置いてある。

「お腹空いたでしょう」と祖母が訊ねる。

「ぺこぺこだよ」

「どうぞ、召し上がれ」

祖母から差し出されたお盆には、おはぎが並んでいた。

「おばあちゃんがつくったやつ？」

晴香は声を弾ませる。

「もちろん」

祖母は満面の笑みで肯いた。

小豆《あずき》から炊いた餡子《あんこ》といい、絶妙に潰れたもち米といい、慣れ親しんだ味だ。祖母のおはぎだけは、何物にも代えがたい。日本では当たり前に感じられたものこそ、イギリスでは恋しくなる。

「なに泣いてるの、晴香」

母が困ったように笑う。

「幸せすぎるんだもん」

「こちらこそ、冥土の土産だね」

祖母は紅茶を片手に、空を見上げた。

晴香は右に母、左に祖母と手をつなぎ、ピクニックシートに寝そべる。

——おい。

ん、なんだろう、この声は。

その瞬間、晴天だった空に、分厚い鉛色の雷雲が、一気に垂れ込めた。真上にあったはずの太陽は、がくりと高度を落とし、豆電球ほどに弱々しくなる。やばい、雨だ。急いでピクニックシートを片づけ、雨宿りする場所を探していると、また声がした。

——いつまで寝てるつもりだ?

見上げると、暗雲にぼややんとあの男の顔が浮かび上がった。

最悪だ、これはあのパターンじゃないか。

「嫌だ、起きたくない!」

そう叫んだ直後、晴香はベッドのうえで目を覚ました。半分カーテンがかかった向こう側は、薄明かりに包まれ、車が行き交う音が聞こえる。スマホを摑むと、正午を回っていた。

開いたドアの脇に立っていたのは、呆れ顔のスギモトだった。

晴香はぎょっとして、掛布団を引き上げる。

「早く起きないと、マクシミランが来るぞ」

「そ、そうでした」

夢の世界との落差が凄まじく、晴香は項垂《うなだ》れた。現実では、修復していたゴッホの《ひまわり》が盗難されただけでなく、切り刻まれる様子が全世界に公開されたのだ。あのあとスギモトと晴香はひとまずフラットに戻り、仮眠をとって今に至る。持ち主であるスミスも今頃、残酷な動画を目にしているに違いない。あと三日以内に犯人を見つけなければ、破滅だ。

「どんな神経してるんだ、こんな状況で熟睡なんて」

「いや、こんな状況だからこそなんですが」とぼそりと呟く。

「なんだって？　とにかく早く準備する」

スギモトは言い、階段を下りて行った。

根が前向きで負けず嫌いな晴香は、嫌な目に遭ったり、窮地に陥ったりすると、やたらと楽しく平和な夢を見て、現実逃避しようとする習性があった。過去にも、同じようなパターンを二度経験したことがある。

一度目は、実家の和紙屋が倒産した、高校生のときだ。両親が精神的にまいってしまい、晴香は必死に明るく振舞っていた。家族に負担をかけないように、進学せずに就職するべきかどうか本気で悩んだが、幸い、授業料免除で通える大学に入れた。

二度目は、イギリスに留学する直前、ビザの申請が通らなかったとき。テストも猛勉強でパスし、大学院にも学費を納め終わり、日本でのアルバイト先も辞めていたため、晴香は慌てふためいた。こちらも幸い、再チャレンジしてビザを取得できた。

しかし今回ばかりは、どうにもならないかもしれない。

午後一時、マクシミランがフラットに現れた。

「頼まれたことを調べてきたぞ」

三階に現れた彼は、スギモトがＭＥＴで「心当たりがある」と言っていた人物についてのファイルを、テーブルに置いた。

「北ロンドンの女子刑務所にいたよ」

「お縄になってたのか。罪名は？」

スギモトはさほど驚いていない様子だ。

「盗品関与罪と、窃盗の共犯罪だ。盗品の譲受や運搬、売買行為のあっせんなどをすると問われる罪だな。通常は数年で済むはずだが、三度目なのと詐欺グループからの密告があったせいで、懲役十年もくらっている。現在一年を服役し、あと九年だ」

「今回の事件との直接的な関わりはなさそうだな」

「おそらく。ただ、彼女に関する情報は警察内部でさえも公開が制限されていて、詳しいことは分からなかった。出所されると都合の悪い人間が内部にいるのかもしれない。いったい彼女は何者なんだ」

スギモトは窓の外に視線をやった。

「彼女もコンサバターなんだよ。刑務所にいるなら、もう修復はしてないのかもしれないけどな。でも確実に言えるのは、俺が今まで会ったなかで、彼女はもっとも実力のあるコンサバターだということだ。仕事は緻密で高度。膨大な知識に支えられた、類まれな能力があった」

「スギモトさんがそこまで言うなんて、相当ですね」

晴香は彼が同業者を褒める場面を、今まで一度も見たことがない。

「あれほどの実力は、勉強して身につくものじゃない。いわば天性のセンスだな。出会ったときは、お互いに二十代だったけど、彼女はあちこちの現場で重宝されていた。しかも派閥に属さず、独学でのし上がったという鬼才でね。駆け出しだった俺は、いずれ彼女とこの業界を引っ張っていくと思っていたくらいさ」

「でもそんなに優秀な修復士が、なぜ刑務所にいるんだ」

「もとは、ケンブリッジの工房に勤めていたが、ある時期から盗品専門の修復士になったという噂を聞いた」

「盗品専門？」と晴香は眉をひそめる。

「ああ。闇市場であっても、クリーンな市場と同じで、疵があれば価値は下がる。盗品を扱う詐欺集団やディーラーも、そのことを理解しているから、優秀なコンサバターを必要としているんだ。しかも盗品は損傷が激しいから、表社会以上にたしかな実力を要求される」

そのような同業者が存在することに、晴香は驚きつつ、独立してからあやしげな依頼もゼロではなかったことを思い出した。それほど需要があるということは、闇マーケットの規模の大きさが窺い知れる。

「最後に彼女を見かけたのは十年以上前だ。しかも親父の骨董店だった」

「え、お父上の？」

スギモトの父である椙元《すぎもと》氏は、ポートベロー通りで東洋美術専門の骨董店を営んでいた日本人だ。「伝説の骨董商」と業界では有名な人物だったが、今は閉店し、スギモトがその在庫を引き継いで管理している。

大英博物館のコンサバターだった頃、スギモトはとつぜん行方をくらませた椙元氏を追っていた。どうやら父子のあいだには、母を早くに亡くしたあと、長らく溝があったようだ。スギモトは父が残した暗号を解いて、エジンバラの病院に入院していた父と再会できた。しかしあれから父子が連絡を取り合っている気配はない。

「二人は知り合いだったんでしょうか」

「さぁな……ただの偶然か、俺には分からない。二人の会話も聞こえなかったし。俺が店に入ると、彼女は黙って出て行った」

「それなら、叔父さんにちゃんと事情を訊けよ」

鋭い指摘に、スギモトはむっとした顔になる。

「それが嫌だから、お前に頼んだんだろう」

「つくづく面倒くさいやつだな」とマクシミランは肩をすくめた。

「とにかく俺が今回彼女に連絡をとりたいと思ったのは、盗品専門の優れたコンサバターであれば、窃盗団とのつながりを持っていてもおかしくないからだよ。今回の事件についても、彼女ならなにか知っているはずだ」

「たしかに、それほどの実力者なら、闇マーケットがらみの依頼が集中して、顔も広いだろう。ケントの言う通り、最新の情報を持っているかどうかは不確かだが、この状況ではどんな情報でもありがたい」

マクシミランは肯き、スマホを手に取った。

出発の準備をしていると、呼び鈴が鳴った。

「こんなときに誰でしょう」

晴香は立ち上がり、玄関口に向かった。

ドアを開けて、ぎょっとする。

立っていたのは、黒いスーツ姿の男――スミスの警護だった。

「ミスター・スギモトはいますか」

「は、はい」

男はふり返った。いつのまにか、霧のような小雨が舞っている。背後に駐車していた高級車の後部座席が、別の警護によって開けられた。降りて来たスミスは、警護がさそうとした傘を忌々しげに手で払い、こちらに近づいてくる。晴香の挨拶も無視し、肩で息をしながら階上に向かう。前回現れたときも感じたが、スミスはたった一日で、十歳は年老いたように見える。髪はもつれ、激しく動揺しているのが伝わる。

三階に辿り着くと、スギモトは青ざめ、即座に立ち上がった。

「貴様のせいで……貴様のせいで……」

スミスは苦しそうに、自らの胸を掴みながら、噛み締めるように言う。

「スミスさん、ひとまず落ち着いて、お掛けになってください」

マクシミランが狼狽しながらも、肩を支えてソファに腰を下ろさせようとするが、スミスは杖でそれをふり払った。

「その様子じゃ、捜査に進展はないようだな……まんまと犯人にやられおって！」

息も絶え絶えである。

「落ち着いて、話し合いましょう」

「話し合う？　そんな時間はない！　あの作品は……あの《ひまわり》は切り刻まれたんだぞ……お前たちがのらりくらりとやってるあいだに！　お前たちのせいで……ゴッホの傑作が……あんな目に！」

スミスはそう叫んだ直後、胸をかきむしるように身を屈めた。呼吸ができないのか、両手で胸を覆うと、その場に倒れ込む。即座に警護の一人がスミスに駆け寄り、スマホで救急車を呼ぶ。スミスは口から泡を吹き、意識を失っていた。


スミスはすぐさま病院に運ばれた。マクシミランによる咄嗟の心臓マッサージのおかげもあって、幸い命に別状はないという。医師によると持病の影響もあるが、直前に階段を駆け上がったことと、過度のストレスが原因で発作が起こったという。

「よかった、意識も戻ったみたいだ」

フラットで待機していた三人は、アーサーからの報告を受けて安堵した。

マクシミランは廊下に出て、スミスのことをＭＥＴに電話で報告しに行く。

一歩間違えば、取り返しのつかないことになっていた、と晴香は両手で顔を覆う。危機的なのは、スミスの命や彼との関係だけではなかった。絵が切られる動画が出回り、自分たちの手から絵画が盗まれたという噂は、世間にも広がっている。事実、事務所に舞い込んでいた依頼は、返答するまでもなく、ほとんど向こうからキャンセルされた。この危機的状況を埋め合わせるには、かなりの時間がかかるに違いない。絵画を取り戻す以前に、コンサバターとしての命運は尽きている。独立した事務所なんてつづけられない。

もう終わった——。

晴香はすっと立ち上がり、スギモトにお辞儀をする。

「スギモトさん。短いあいだでしたが、お世話になりました」

「どうした、急に」

「荷物をまとめて、帰国することにします」

「おい、待て！　もう逃げられないぞ」

「そんな、人を逃亡犯みたいに言わないでください」

と言ってから、いや、もとを正せば、今回の事件は自分が居眠りをしたのが原因だ、と晴香は戦慄する。たしかに窃盗犯の手口は鮮やかで、セキュリティもむなしく作品を奪われた。しかしあの夜、自分さえ起きていれば、ぎりぎりのところで守れたかもしれないのだ。

「私が悪いんだった！」

晴香は絶望し、その場に崩れ落ちた。

すると背後から、マクシミランの声がした。

「今はそんなことを気にしてる場合じゃない。とにかく冷静に考えよう。手がかりがないわけじゃないんだから」

彼はスマホを背広のポケットに仕舞いながら言う。

「メイ警部はなんて？」スギモトは訊ねる。

「ヒースロー空港の作品の輸送準備をはじめるらしい。犯罪者に屈することは警察としてあってはならないが、スミスをこれ以上刺激するのも禁物だ。人命に関わる以上、下手に要求を拒否できない。苦渋の選択だ。でも解決法はある。期限内に犯人を捜し出せばいいんだ。METでは過去の窃盗犯やテロリストから容疑者を挙げていて、今はどんな手がかりでも欲しい。早くその修復士に会いに行こう」

2

フラットを出発したときに降りはじめたみぞれは、北上するにつれて大粒の雪になった。闇に沈みはじめた野面《のづら》は、大理石でつくられた豊満な女性像の腰のように、ゆるやかな弧を描いて、見渡す限り波打っている。

やがてその彼方に、高い壁で囲まれた女子刑務所が現れた。日本が元禄時代だったときからある建物で、一時は処刑所だったという。駐車場に車を停めてから、三人は入口で持ち物検査と麻薬犬のチェックを受けた。

建物のなかに入ると、少なくとも面会者が通る空間は、近代的で無機質だった。事前にマクシミランの連絡を受けていたらしい、タトゥーを腕に入れた化粧の濃いラテン系の女性刑務官が現れた。

彼女に案内され、三人は獄舎へとつづく渡り廊下を歩き、階段をのぼった。鉄扉の並んだ廊下に出て、そのひとつに通される。通常の面会室ではなく、アクリル板で仕切られた個室で、こちら側にはパイプ椅子が、向こう側には丸椅子が一脚ずつ置いてあった。

例の受刑者は、スギモト以外の人間との面会を拒んでいた。そのため、晴香とマクシミランは刑務官とともに、隣室でモニター越しに二人のやりとりを見守ることになった。事前にスギモトは二人にこう伝えた。

――ヘルというのが彼女の名前だ。

――地獄ってことですか。

――Lはひとつだけどな。

しかも通称かと思ったら、本名らしい。

どんな気持ちで、親は名づけたのだろう。

スピーカーから開錠音がして、晴香はモニターを見た。アクリル板の向こう側のドアが開いた。部屋に入って来たのは、深緑色の囚人服を着た、痩せた小柄な女性だった。男性刑務官の脇にいると、少女のようにうつる。

肌は透けるほど青白い。地毛も白く、耳から下はまだらに灰色に染まっている。瞳は紫がかった青で、眉と鼻にピアスがついている。顔だけとれば広告モデルになれそうだが、体型はあまりに頼りない。

獄中のヘルは、銃の展示会になぜか出品された精巧な白磁のように場違いだった。

「その腕、どうしたんだ」

スギモトが訊ね、晴香はやっと気がついた。

右腕がない。

正確に言うならば、右肘のすぐ下から指先にかけて、光沢感のある素材の、人工的な肌色の義手が装着されていた。膝のうえにのせられた手首から指にかけては、三日月形に曲がったまま動かない。おそらくスギモトも衝撃を受けている。

いつ、なぜ腕を失ったのか。

彼の質問に、ヘルはなにも答えなかった。

大きく見開いた無表情な目で、彼を直視するだけだ。

「まぁ、いいさ。今日ここに来たのは、君に訊きたいことがあるからだ」

スギモトは準備していたタブレットで、二点の絵画を人質に交換条件を提示する犯人たちの動画を再生した。

「昨日、二点の絵画がロンドン市内で盗まれた。犯人は同日夜に美術特捜班に交換条件を突きつけ、今朝この映像を公開した。君は犯罪組織から、盗品を修復する依頼を受けていたそうだね。君の顧客や知り合いのなかに、この計画を目論《もくろ》むような人物に心当たりはないだろうか」

沈黙。

「口がきけないのか？」

マクシミランが呟き、となりの刑務官が答える。

「しゃべれます。ただ、彼女の態度には少々問題があるのです。われわれも手を焼いています。決められた労働時間や仕事の手順も、意に介さないときがありますから。周囲の受刑者と信頼関係や友情を築いたりもしません」

マクシミランは肯き、時計を見た。

もしスギモトがヘルの扱いにくい性質を知っていたなら、期限の迫るなか、どうして彼女から話を聞くと言い出したのだろう。ヘルがなにかを知っているという確信材料がよほどあるのか。一分一秒でも無駄にできない状況なのに。

黙っているヘルの目の前に、スギモトはゆっくりと手のひらを掲げたかと思うと、ひらひらとふって見せた。

「おーい、ヘルちゃーん」

おどけた調子で、指を鳴らしはじめる。

それでも反応しないヘルに向かって、変顔までする始末だ。

「なにやってるんだか、スギモトさん」

晴香は頭を抱え、マクシミランは「まぁまぁ」と宥《なだ》める。

「たぶんケントのことだから、考えがあるんだろう。一番窮地に立たされているのはケント本人だ。相手の機嫌をとるために、焦りを隠して、わざとおちゃらけているのかもしれない」

するとスギモトのおちゃらけ作戦（?）が功を奏し、ヘルははじめて口をきいた。

「相変わらずだな、ケント・スギモト」

「おお、やっと口をきいてくれた！」

「父親はどうしてる?」

一瞬身を引いたあと、彼は答える。

「元気だよ。このあいだ病気で入院していたが、今は退院してるはずだ。ついでに訊くけど、君は親父と知り合いなのか? 俺たちが最後に会ったのは、親父の店だったよな。あのとき、二人でなにを話してたんだ」

「はるばる刑務所にまで会いに来て、まだそんなことを気にしているとは、お前はどうしようもないファザコンだな」

「グサッ! 君は相変わらず、はっきりものを言うね」

項垂れたスギモトの軽い調子を無視して、ヘルは淡々とつづける。

「この腕をどうしたかと訊いたな」

座り直すと、右腕を高く掲げ、囚人服の袖をまくった。肘のすぐ下のところで、腕は切断されていた。ヘルは左手で装着されていた義手を外す。傷痕は生々しく、先端は溶け落ちたかのようだ。

「もう修復もできなくなったと思うか? 無理もない。腕を失った修復士など、これ以上ないブラック・ジョークだ」

ヘルはくすくすと笑いながら、義手をアクリル板の前の、奥行の狭いテーブルにごとりと置いた。

「しかし幸いにして、神は私に腕を二本与えていた。なぜだと思う？　たとえ一本を失っても、残った一本でもう一本の分までをも摑むためだ。でもそのことは、お前のように日の当たる場所を歩いてきた人間には、本当の意味では分からないだろう」

ヘルは言葉を切った。

そして顔を上げて、天井近くに設置されたカメラを見た。

とつぜん目が合い、晴香は不意をつかれる。

「こいつみたいな馬鹿に協力を仰ぐとは。だから警察はいつまで経っても無能なんだ。聞いているか、美術特捜班の刑事さん」

ヘルの視線はさっきまでの無表情とは違い、激しい憎しみと侮蔑が込められていた。

腕組みをしたマクシミランは、黙ってその視線を受け止めている。

「俺たちはずいぶんと侮られてるみたいだな」

スギモトが低い声で笑った。ヘルは視線を戻す。

「おやおや、馬鹿じゃないと言いたいのか」

「君も外に出たいはずだ」

ヘルはふっと表情を和らげたかと思うと、質問も相槌も挟ませない、隙のない口調で一気にこう告げた。

「昔々あるところに、地獄の入口に立つ少年が一人いました。地獄のなかは真っ暗で煤《すす》だらけです。悪魔は留守でしたが、そこでは悪魔のおばあさんが安楽椅子に腰を掛けていました。少年はおばあさんに、『どうしたらここを通れますか』と訊ねました。するとおばあさんは『黄金の腕を持って来なさい』と答えました」

奇妙な沈黙が流れた。

「急におとぎ話か」

「父親と謎解きをするのが好きだったと聞いたが？」

「正しい答えを導き出せば、さっきの情報をくれるか？　期限が迫っているんだ。約束してほしい」

スギモトは訊ねたが、答えはなかった。それから先、ヘルは無言を貫いた。

面会を終えたタイミングで、モニターを見守っていた女性刑務官が言った。

「あの義手は、われわれが準備したんです」

「彼女は投獄される前から、腕がなかったのでは？」

マクシミランが刑務官に訊ねると、彼女は苦笑した。

「その通りですが、もともと身に着けていたやつは、房内にはとても持ち込めない危険な代物でしてね」

「どういうことですか」

「見れば分かりますよ」

　スギモトが戻ったあと、女性刑務官は同室にいた若い刑務官に視線で指示した。しばらくして戻って来た若い刑務官から鍵を受け取ると、三人を廊下に案内する。そして獄舎の地下に移動して、ある部屋に入った。

　そこは倉庫らしく、備品などが雑多に保管されていた。古い段ボール箱などが積み上げられた奥に、周囲とは不釣り合いなほど厳重に管理された、一メートル四方ほどの金庫があった。鍵穴だけでなく、ダイアル錠も備えられている。

　刑務官はその金庫を開けた。

　なかには、スーツケースが入っていた。

　それを倉庫の机に置いて、刑務官は言った。

「彼女がここに来たときの所持品です」

　取り出されたのは、肘下から指先にかけての金属製の義手だった。ただし同じ「義手」とはいえ、ヘルが着けていた義手とは天地ほどの差があるものだと、一目で分かった。さきほどの義手が、手の造形を外見的に真似ただけだったのに対し、金庫で保管された目の前の義手は明らかに高性能だった。

手の骨格さながらに何本かの金属の筋が、球体の関節に向かって束ねられ、半透明のゴムで覆われた細緻な構造の指先につながる。大小のボルトでとめられた手首の関節は、自在に曲がる設計である。

「軽い」

手渡されたスギモトは呟いた。

たしかに受け取ると、想像した何十分の一ほどの軽さだった。

こんなにも軽い金属が存在するのか。

「でもどうしてこの義手が、そんなに危険なんです」

スギモトが訊ねると、マクシミランが代わりに答える。

「いや、ケント。この腕は、ただの義手じゃない。筋電義手《バイオニック・ハンド》だよ」

「さすが、よくご存知で」と刑務官は愉快そうに肯いた。

「軍の知り合いから噂を聞いたことはあったが、本物を見るのははじめてだな」

「なんだ、その筋電義手ってのは？」

「簡単に言えば、筋肉に発生する電気信号を解析して、事前に学習した記憶で、自在に動かせるＡＩの腕だよ」

「ええ、まさに」

刑務官は肯き、スーツケースの底から、眼鏡ケースのような箱を出した。なかにはゴム状の腕輪が入っていた。

義手と合わせて、それらを三人に見せながら、刑務官はつづける。

「人間は筋肉を動かそうとするとき、脳からの指令が神経を通じて筋肉に達します。そのとき、軽く放電現象が起こるそうです。その腕輪のセンサーは、皮膚の表面から筋肉の膜状を伝わる電気信号を測定し、このロボットに伝える役割を持っています。そうすればロボットの腕は周波数に応じて、握る、開く、関節を曲げるといった動作を行ないます。ただし危険なのは、この義手は装着した人間の握力の、何倍もの力を発揮することができるということでしてね。たとえば、鍵のついたドアを破壊することもできるし、凶器にだって成り得るのです」

「でもそんなに強い力を加えれば、義手の方が壊れませんか」

晴香が訊ねると、刑務官は上目遣いで答える。

「疑うなら、一度ハンマーで叩き割ろうとすればいい。使用されている金属は、この通り軽量ですが、ものすごく頑丈でもあります。しかも言ってみれば、ブルートゥースで動く腕みたいなもんなんでね。この腕の恐ろしいところは、離れて見えない場所からでも動きを把握できる点にあります。脳で感知するから、装着者は目をつむっていてもこの腕を操作できるんです。本人が遠くにいても感覚が分かるなんて、なにをされるか分かったものじゃない」

「ヘル以外の誰かがその義手を使う恐れは？」

「ありません」

スギモトの問いに、刑務官は断言した。

「今ヘルが身に着けている装飾用義手と違って、筋電義手は誰にでも簡単に装着できるわけじゃないんです。あらかじめロボットに学習させているのは、彼女の筋肉が独自に発する周波数です。彼女だけの動作と筋電位の関係性を記憶させてあるわけですよ。しかも人工知能を備えているので、そのレパートリーは使用するほど増えて、無限の操作が可能になっていく仕組みのようでね」

マクシミランは肯き、スギモトに言う。

「それに、使いこなすためには血の滲むような訓練が必要だ。軍では負傷兵に向けた治療の一貫として認知されはじめているけれど、民間には浸透しづらくてね。誰でも簡単に使えるわけじゃないから」

「一般化されていない特殊な筋電義手を、彼女はどこで手に入れた？」

スギモトが言うと、刑務官は笑った。

「私たちは彼女をここに閉じ込めておくことが仕事ですから、知る由もありません。なにもかも奪われた貧しい女に、誰がこんなものを与えたのか」

義手をスーツケースに仕舞いながら、彼女はつづける。

「でもヘルは切れ者ですよ。刑務所は女性だけであっても、危険に満ちています。囚人同士のあいだには、つねに諍《いさか》いや派閥争いが起こっています。放っておけばドラッグが蔓延して、われわれ看守の命さえも危ない。苛酷な状況で、ああいう見るからに弱そうなタイプが生き抜くには、相当な知恵が必要です。しかしヘルはすぐにこの刑務所での安全と立場を確立させた。はじめのうちは、精神か知能に障害があるのではないかとさえ考えていましたが、まったくの誤解でしたね。今じゃあ、みんなが彼女を恐れています。彼女は誰かの協力を得なくても、生き抜くために、なにをして、どう振舞えばいいのか、熟知しているのですよ」

女子刑務所から出ると、辺りは一面、闇に包まれていた。横殴りの雪に見舞われ、視界はわずか数十メートル先さえ曖昧だった。しかしマクシミランは慣れているのか、けっこうなスピードを出して車を走らせている。ときおり対向車とすれ違う以外、民家もなにもない道がつづいた。

「あの女修復士は相当な曲者《くせもの》だな。それに『黄金の腕』を持って来いって、まさかあの筋電義手のことじゃないだろうな」

「彼女に限って、そんな単純な答えなわけがない」

「ということは、はるばる刑務所まで来て、収穫なしってことか。釈放を条件に交渉しようにも、彼女が情報を持っている確証もなければ、交渉に応じる気があるのかさえも分からない。この線は諦めて、別の線から犯行グループを辿って行く方が早いな」

「いや、ヘルは絶対になにか知ってる」

「根拠のない自信じゃないのか」

二人の口論を聞きながら、晴香は窓の外を眺める。地獄の入口と、黄金の腕。どこかで聞いたことがあるような気がする。いや、聞いたというよりも、そのエピソードを見たことがあるような。燃えたぎる炎のような岩山と、そこに立つ一人の女神――視覚的な情報として記憶がよみがえる。

「分かった。さっきヘルが言ってたのは、北欧神話じゃないですか」

「北欧神話？」とマクシミランはバックミラーを見る。

「スカンジナビア半島などに古くから伝わる、キリスト教以前の神話です。『エッダ』と『サガ』で知られる」

晴香は後部座席から身を乗り出して言う。

大英博物館に勤めていた頃、紙専門の修復士として、北欧で編纂《へんさん》されたという神話をうつした、中世初期の写本を担当したことがあった。ヨーロッパでは「暗黒の中世」と呼ばれる時代、ケルト神話やギリシャ哲学といった異教徒にまつわる文書は、すべて禁書に処されたものの、じつは修道士たちの手でひそかに守られていた。修道士は印刷技術のない当時、手で書きうつすことでそれらを複製した。そこで花開いたのが、写本芸術である。北欧神話を伝える写本のなかで、あるエピソードが羊皮紙に挿絵付きで記されていた。

「きっとヘルは、神話にのせて交換条件を提示したんです」

「なるほどな、よく気がついた」

スギモトは肯いた。

「僕にも分かるように説明してくれないかな」

「北欧神話のなかで、ある少年が老婆の姿をした悪魔から、彼女が恨みを抱いている人間の腕を差し出すように命令される一節があるんです。地獄の入口の番人であるその老婆は、北欧神話に出てくる女王ヘル。きっとあの修復士は、神話と自らの状況を重ねて語っていたんじゃないでしょうか。だとすれば、黄金の腕とは、仕返しをしたい相手のことを指しています」

「『黄金の腕』の答えは復讐だ」とスギモトが言う。

「復讐？　でも誰にだ？　ヘルは誰に復讐がしたい」

「それを知るためにも、腕を失った理由を含めて、彼女のことを調べよう。少なくとも俺が知っていた頃、彼女には両腕があった。行方不明になったあと、彼女の身になにが起こったのか。事故なのか、それとも誰かに奪われたのか」

「分かった。METに戻ったら、ヘルの情報をかき集めるよ」

やがて車は、ロンドン市内に入った。冷たい風はまだ吹きすさんでいるが、雪は止んだ。通りを行き交う車や人、そして建物の明かりが戻っても、晴香の脳裏からは、雪に閉ざされた平原に浮かび上がる女子刑務所の光景が消えなかった。

交差点で停車したとき、スギモトが「もうひとつ分かったぞ」と呟いた。

「さっきヘルに説明しながら、違和感を抱いたんだ。どうして犯行グループは、二回に分けて、美術特捜班にメッセージを送ったんだろうって。そんなことをすれば、逆探知されるリスクが高くなるだけだ。俺だったら、一回にまとめて要求をする。それなのにあいつらは、なぜ一回目はヒースロー空港地下倉庫の作品を要求し、さらにわざわざ二回目で《ひまわり》を傷つける動画を送りつけてきた？」

「そう言われれば、たしかに変ですね」

「ひょっとして、俺たちの動きを把握しているんじゃないか？　昨晩メイ警部が俺たちコンサバターを呼び出し、複製をつくって騙すという作戦を考えていたからこそ、犯人は二回目のメッセージを送って、俺たちに警告したんだ。要求に応じなければ、本気で絵画二点を破壊するつもりだと」

「まさか」

しかしハンドルを握るマクシミランは、否定しきれない様子だ。

「犯人でなくとも、少なくとも内通者はいるはずだ。たとえば、大英博物館での捜査にも関わっていた、あの刑事はどんなやつなんだ？　前にも何回かやりとりはしたが、どうしていつもうんざりした顔をしてる」

「ロブのことか？　彼はもともと殺人課にいた刑事で、美術特捜班に配属されてまもないんだ。うちの仕事は、すぐさま人命に関わる内容じゃないから、物足りなく感じてるんだろう」

「あやしいな」

「おいおい、ロブが内通者だという証拠はどこにもないだろう」

「でも同僚や内部の人間でも信用しない方がいい」

マクシミランは深く息を吐いて「了解」と言った。

3

翌朝二人は、警察から届いたヘルの実家の住所に向かった。

その実家の位置するイースト・エンドは、文化好きの若者たちが集まる、流行最先端の街として知られるが、昔は「ロンドンのスラム街」と呼ばれていた。九〇年代から徐々に都市開発が行なわれ、二〇一二年ロンドン・オリンピックのスタジアムも建設された。おかげで治安は改善されたが、ヘルが幼少期を過ごしたのは、都市開発が活発化するぎりぎり前のことだった。実際に住所に訪れてみると、お洒落《しゃれ》なB&Bに変貌していた。

「ここに来た本当の目当ては、ヘルの実家じゃない。あそこだよ」

スギモトが顎でしゃくった先には、芝生の公園と背の高い建物があった。周囲と同じ煉瓦造りだが、縦長の大きな窓はよく見るとステンドグラスで、三角屋根の先端には小さな十字架がついている。

「教会？」

「寺や神社と一緒で、地域の歴史を守っているのは、ああいう教会だ」

入口の鉄門は開放されていた。堂内は暖かく、数十の長椅子が整列し、百人は収容できる広さだった。しかし礼拝をする人の姿はなく、自分たちの足音だけが高い天井に響いた。晴香は献金箱に二ポンド硬貨を入れて、祭壇に向かう。ちょうど壇上に高齢の聖職者が現れ、こちらに向かってお辞儀をした。服装からしておそらく神父だが、片足をひきずって歩いている。晴香が声をかけにいくと、神父はにこやかに顔を上げた。

「私は修復士なのですが、この辺りに昔住んでいた、とある同業者の女性について調べておりまして」

晴香がヘルの名前を口にすると、神父は笑みを浮かべたまま、「存じ上げませんね。お力になれずすみません」と答えて、会話を打ち切って作業に戻った。しかしスギモトは神父の対応を気にすることもなく、堂内から出て行く。そして「立ち入り禁止」の柵を勝手に乗り越えて、中庭をうろつきはじめた。大丈夫かな、と思いつつ晴香は追いかける。

中庭には簡易のプレハブ小屋が建てられていた。近寄って窓越しに覗くと、思いがけず修復をするための空間のようだった。さきほど堂内で見かけた、側廊の壁龕《ニッチ》に並んでいた大理石彫像のひとつや、取り外された建物の柱頭装飾がある。その他、二メートルはあるだろう振子の柱時計が、胴体の扉を開放されたまま安置されていた。朝早いせいか、修復士の姿はない。

「なるほどねぇ」

スギモトはなにやら腕組みをして肯く。

「なにか御用ですか」

背後から、女性の声がした。

立っていたのは、水色の祭服を着た初老のシスターだった。

「すみません、この辺りに住んでいた女性についてお訊ねしたく——」

晴香が言うのを遮って、シスターは厳しく言う。

「お引き取りください。ここは立ち入り禁止です」

「あの柱時計、諦めるのは早いですよ」

とつぜんスギモトが言い、シスターは何度か瞬きをした。

「失礼、今なんと？」

「修復を依頼なさったんでしょう。あの放置状態からして、しばらく前に修復を試みたものの諦めたんじゃないですか」

「……なぜご存知で？」

「私も修復士なので見れば分かります。お任せいただければ、一時間とかからずもとに戻せますが」

シスターは困惑したように晴香を見た。

「この人は、大英博物館のコンサバターだったんです」

「大英博物館？　そんな方がどうして」

「ある女性のことを知りたいのです」

シスターは周囲を見回したあと、「たしかに、あの柱時計は私がここに赴任する前からある思い出深いものなので、どうにか直したいと考えていました。しかし専門家に依頼する予算もなく、処分するべきかと苦渋の決断を迫られていて……。分かりました。一度見てみてください」と答えた。

大英博物館には約七千点の時計のコレクションがあり、その多くをスギモトは修復していた。さまざまな時代の時計職人たちが創意工夫をこらしてつくった複雑な時計を、いくつもよみがえらせてきたのだ。プレハブにあったのは、ゼンマイ仕掛けの振子時計で、毎三十分と毎正時に機械的に鐘を打つ仕掛けだったが、スギモトにしてみれば朝飯前だろう。ものの四十分で柱時計は息を吹き返した。

「話していただけますか」

そう訊ねたスギモトの目をじっと見つめたあと、シスターは二人について来るようにと促し、敷地の外に向かった。

「あなた方が調べている女性というのは、ヘルですね？　さっき神父に声をおかけになっているところを見ました。彼女のことはよく憶えています。やっぱり修復士になったんですね。今どうしているのか、じつは気になっていたのです」

シスターは教会の表通りにあるカフェに入った。テーブルを挟んで腰を下ろすと、急ぐように話しはじめた。

「あの子がここに通いはじめたのは、四歳の頃でした。母親は精神疾患を患っていて、ヘルは母親の具合が悪くなると、よくここに来ました。うちでは週に一度スーパーやドラッグストアから余った食材や日用品を引き受けて、地域の貧しい人たちに配るという活動を長年行なっているんです。私は勤続三十年以上になりますが、その前から行なわれている活動です。今でも時期によっては長蛇の列ができますが、働けない母親の代わりに、あの子はその列に並んでいたのです」

そこまで話すと、店員が注文を取りにやって来た。

コーヒーを頼んでから、シスターは窓越しに教会を一瞥した。

「子どもらしいところが、あまりない子でしたね。たいてい黙って、周囲をじっと観察している。フードバンクや慈善団体で施しを受けていると、学校でいじめられる子は少なくありませんし、理不尽な目に遭ったりもしたんでしょう。何度声をかけても、心をひらこうとしませんでした。でもあるときから、うちで修復を手伝うようになったのです」

「中庭のプレハブにあったようなものの修復を？」

「ええ。それ以外にも、うちには使われなくなった服や装飾品、家具や電化製品といった古いものが、寄付としてたくさん舞い込んできます。使えそうなものは直して、貧しい人に分け与える。それが教会の大きな役割でもあるんです。定期的にボランティアの業者さんに来てもらって、仕事をお願いするのですが、彼女はそれを手伝うようになりました」

「興味を持ったということでしょうか」

「どうでしょう……それよりも最初は、自分や母親が生活していくためという動機が強かったと思いますね。子どもとはいえ、こちらも彼女に報酬を払っていたので。でも彼女にとって、直すことは天命だったんじゃないでしょうか」

「天命？」

「ええ。神に与えられし使命であり、一生かけてやり遂げることを定められた運命でもあります」

　シスターは聖職者に特有の、揺るぎない口調で言った。

「傍から見ていると、ものを直すことによって、彼女の心もまた平穏を手にしているようでした。ここに来るたび、彼女は修復の専門家をつかまえては、熱心にアドバイスを求めていました。手先が器用で、大人には届かない細かいところまで、細い羽の一本一本を拭うような繊細な直し方をしましたね。そんな折に、ある一点の絵画がうちに寄贈されることになったのです。あれがなければ、彼女の人生も違っていたでしょうね」

「どんな絵画だったんです」

「うちに来たときは、いつ誰が描いたのか分からない、ただの汚い宗教画でした。価値があるように見えず、処分も検討したほどでしたから、その修復を子どもだったヘルに任せたんです。しかし彼女は、あらゆるもののなかでなぜかその絵画の修復にもっとも関心を示して、黙々と取り組みました。水を得た魚みたいでしたよ。変色して見えなくなっていた細部が、徐々に明らかになっていきました。しばらくして、彼女は図書館で借りたという一冊の画集を、私のところに持って来ました。イタリアの修道院から散逸した祭壇画の一枚ではないかと言うのです。信じられないことに、彼女の言う通りでした。十五世紀のイタリアで活躍した、後期ゴシックを代表する画家による作品で――」

「フラ・アンジェリコの《受胎告知》ではないですか」

スギモトが言い当てると、シスターは目を丸くした。

「どうしてご存知なのです」

「知り合いから、何十年も前にロンドンの教会で発見されたとは聞いていたもので。まさかその作品がここにあって、修復したのが少女だったとは知りませんでした。たしか、多くの美術館をはじめ、イタリア政府までもが買い上げを申し出たものの、すべて断ったとか？」

「その通りです。売りに出すことはいつでもできるのだから、この教会で大切にしよう、と内部で話し合ったのです。彼女のおかげで、あの一枚はうちの宝になりました」

「その絵画、まだありますか」

シスターは肯くと、腕時計を見た。

「神父が気になりますか」

「え？」

「さっきから、明らかに神父の目を気になさっているので」

シスターの表情に影が差したが、それは一瞬のことだった。

「絵画のお話でしたね？　よければ今は人もいませんし、ご覧になられますか」

カフェを出て、シスターは教会に戻った。礼拝堂に入り、奥の古い木製扉を開けた。正面にある高いらせん階段をのぼりきると、扉の向こうに地上階を見下ろせる、こぢんまりとした祭壇室に出た。

「下からここの存在に気がつく人は、ほとんどいないんです」

目線よりも高い位置に、一枚の絵画が掛かっていた。

黄金色の翼を持った天使が、口元に人差し指を当てながら、目の前にいる聖女に話しかけている《受胎告知》だった。受胎告知はレオナルド・ダ・ヴィンチをはじめ、イタリアを代表する画家たちによって、描き継がれてきた画題である。

その《受胎告知》は、「天使のような画家」フラ・アンジェリコが同じく手がけた、コルトーナの《受胎告知》と多くの共通点が見られた。後期ゴシックから初期ルネサンスへと、イタリア美術がゆたかに展開した時代。フラ・アンジェリコの絵画は、写実表現の革新性を目指しつつも、宗教的な情操から発露している。自身の信仰心を絵画に昇華させているからこそ、美術館で見るよりも、こうした教会や聖堂にあった方が迫真性も増す。

「独学だけでここまで成長したなんて、本当に驚かされました。生まれ持った本能に従ったんでしょう」

天命というシスターの言葉を聞いた直後のせいか、画中で天使からイエスを身ごもったことを告げられるマリアは、この絵画によって修復士としての運命を与えられたヘルの過去と重なるようだった。

「修復を終えた数ヶ月後、フラ・アンジェリコを研究しているという美術史家が、噂を聞いてやって来て、この絵画は誰が修復したのか、と訊いてきたのです。ヘルのことを話すと、その美術史家は教育を受けていない、貧しい少女がそんな仕事をやり遂げたことに、かなりの衝撃を受けたようでした。彼女に会いたいと言われたので、その通りに紹介しました」

「それで、ヘルは美術修復士の道を歩むことになったわけですね」

「美術史家のはからいで、修復工房に就職したと聞きました。彼女は未成年でしたが、十分に稼げる能力が備わっていたのです。だから大人になって、修復士として立派にやっていると知れて、なによりです」

地上階に戻ると、シスターは深々と頭を下げた。

「機会があれば、彼女によろしく伝えてください。気が向けば、この教会にも遊びに来てほしいと」

するとスギモトは冷笑を浮かべた。

シスターは眉をひそめ、不可解そうに彼を見る。

「失礼しました。ただ社交辞令だとしても、彼女がここに遊びに来るはずがないだろうと思いましてね」

シスターは怯《おび》えるように身を引いた。

「あなたは黙認していたのですか」

ため息を吐くと、伏し目がちに肯く。

「私にはどうしようもなかったのです。それにあの神父も、いろいろな意味で十分に報いは受けました」

晴香には訳が分からなかったが、シスターは毅然とした態度を一変させ、自らの保身ばかりを口にしはじめた。そして「お引き取りください」と一方的に会話を打ち切り、バックヤードに消えて行った。スギモトは黙ってその姿を見送る。

「どういうことですか」

晴香が訊ねると、スギモトは出口の方に歩きはじめた。

「あとでこの教会を検索してみろ。たくさん記事が出て来るだろうよ。さっき足を引きずっていた神父の疑惑がな。あの反応からして、ヘルも被害者の一人だったんだろう。The nearer to church, the farther from God だ」

「教会に近づくほど、神からは遠ざかる？」

「この国の諺《ことわざ》だよ」

「ヘルにはここしか居場所がなかったのに」と晴香は息を吐いた。「ヘルが復讐したい相手って……」

「最初の候補者が見つかったな」

そう答えると、スギモトは「もう一ヶ所、訪ねなくちゃいけないところがある」と駅に向かった。

＊

ヘルがかつて勤めていたケンブリッジの修復工房には、スギモトの知り合いが最近赴任したばかりだった。その知り合いは、ヘルと勤務時期が重なっている数少ないスタッフを探してくれた。ケンブリッジに向かう電車のなかで、晴香は状況を整理する。

「とにかく分からないことだらけですね……犯人は業界の情報に詳しいだけじゃなく、どうしてヒースロー空港の盗品のことまで知っていたのか。あんな要求をした真の目的は？　なぜアフガニスタンの盗品にこだわるんでしょう。スギモトさんが言っていた警察の内通者も、本当にいるんでしょうか」

そして、それ以上に深刻なことを、見落としている気がしてならなかった。些細な違和感を抱いても、その正体が分からないまま、つぎつぎに新たな謎に呑み込まれ、見えなくなってしまう。

スギモトは斜め向かいの席に座り、車窓を眺めている。

晴香はため息を吐いて、こうつづける。

「あと、もうひとつ。どうしてスギモトさんは、そんなにヘルにこだわるのか」

しかし彼は肩をすくめただけで、返答はない。

ヘルに会いに行ってから、スギモトはぼんやりと考え込むことが増えた。晴香は彼の力になりたいのに、いっこうにその考えに追いつけない。教会でのヘルの過去だって、こちらに共有してはくれなかった。切羽詰まった状況なのだから、もっとオープンになってくれればいいのに。でもそう伝えたところで、スギモトの態度が変わるとも思えない。

晴香は諦めて、彼と同じように窓の外に視線を投げた。

指定されたのは、ケンブリッジ大学のカレッジのひとつだった。街全体でひとつの大学を形成するケンブリッジは、ケム川に沿ってカレッジが点在する。ケンブリッジという地名自体が「ケム川の橋」を意味するように、カレッジと街をつなぐさまざまな橋が街の象徴でもある。街ですれ違うのも若者が多い。店も文化的な香りが漂い、教科書を売る本屋が目立つ。

マグダという元同僚の女性が守衛所で待っていた。

「わざわざ来てもらってすみません」

「こちらこそ」

彼女は明朗な笑顔で肯き、キャンパスのなかを歩いて行く。修復工房はケンブリッジ大学構内に存在し、大学の美術館や図書館とも連携しているという。学内には、修道院にも似た格式高い雰囲気がある一方で、パブや量販店もあり、小さな村のようでもあった。蔦の生えた工房の古い建物は、その一角に構えられていた。

二階のオフィスには、十名近い修復士がいた。

そこを横切って、応接室に通される。

「どうぞ、掛けてください」と言って、マグダは机のうえのファイルを指した。「これは彼女が残していった論文です。他にもデータがあるので、のちほどメールで送りますね。このオフィスが、彼女の持ち場でした。あ、写真も残っているかもしれません。ちょっと待ってください」

そう言って、彼女はスマホを操作した。「うーん、ちゃんと撮れている写真はほとんどないですね……彼女、写真に撮られるのを嫌ったから」

「ヘルとは親しかったんですか」

スギモトが言うと、マグダは苦笑する。

「いえ。彼女の方は、私のフルネームも憶えてないと思います。今日お話しするのだって正直迷ったんですが、あの動画を観て、少しでも力になれればと思ったんです。本当に衝撃的な動画でしたから」

「感謝します。一刻を争う事態なので」

マグダは真顔になって、端的に訊ねる。

「ヘルは事件と関係しているんですか」

「まだ分かりませんが、そのことを確かめるためにも、ヘルがここに勤めていたときのことを教えてもらえますか」

「もちろんです。私は大学院を出てから、ずっとここで修復士をしています。ヘルは私が就職した一年後に来ました。ほぼ同期です。彼女は私よりもひとまわり年下でしたが、新人の頃から彼女の仕事ぶりは、私の何倍も優れていました。こう見えて、大学での成績はけっこうよかったので、正直ショックでしたよ。当時ここのセンター長だった人は、ある美術史家からヘルを紹介されたそうですが、どうやったらあんな類まれな才能に恵まれるのか、不思議でしたね」

マグダはその頃を思い出したのか、視線を遠くに投げた。

「ヘルはどのくらいここに？」

「四年間です。そのあいだ、ひとつのミスも犯すことなく、どんな作品も完璧に修復していました。私には予想もつかない方法を用いて、的確に修復された作品もあって、その能力が魔法のように思えることもありました。少しでも不自然なところがあれば、狙撃手のようにぴたりと照準を合わせて、適切な処置を施すんです。また美術史や考古学にも精通していて、そんじょそこらのキュレーターよりも博識でしたね」

スギモトは相槌を打ち、こう訊ねる。

「その評判は、私も耳にしていました。しかしそれほどの天分がありながら、なぜ退職することになったんです」

「そうですね……仕事のミスはなくても、彼女は一匹狼で浮いていました。修復ってご存知の通り、チームで進めていくことが多いでしょう？　なのにことごとく対立していくんです。それにあるとき、こんなことがありました。一冊の古書を修復し終えたヘルが、報告書を提出しました。報告書には、古書の革表紙は付け替えられ、オリジナルの痕跡のあるページには、血痕があると記されていた。

つまり盗品の可能性が高かったんです。でもヘルがそのことを上司に報告したのは作業を終えたあとでした。本当なら、作品に犯罪の痕跡があれば、イギリスで定められた法律にのっとり、すぐに警察に届け出るべきだったのに。おかげで工房は、証拠隠滅で訴えられかねない危険に晒されました。ただ、彼女に善悪の区別がなかったんじゃなく、どんな作品も平等に修復しようとしたんだなって、私は思いましたけどね」

「それで、解雇されたんですか」

「いえ、辞めたのは別の理由です。そのあとセンター長や上司の異動がありました。ヘルはとくに男性の上司とよく敵対していましたが、新しく赴任したチームのリーダーとトラブルを起こしたんです。有能な男性で、人当たりもいい性格だったんですけど、あるときからヘルに故意に仕事を渡さなくなってしまって」

マグダは少し黙ったあと、遠くを見ながらこうつづける。

「私の印象ですが、その男性上司は、クライアントの意思を尊重しなかったり、組織内でうまく立ち振舞えなかったりするヘルを馬鹿にしている一方で、その実力に嫉妬していたのかもしれません。でも当時はヘルに味方する者はいませんでした。私だって、彼女には同情したけど、怖くてなにも言えなかったし。結局、ヘルは辞めざるをえない状況になっていました」

「その上司はまだここに？　話を聞きたいのですが」とスギモトは訊ねた。

「もういません。というか、修復士を辞めたと聞きました」

「どうして？　有能だったんでしょう」

「論文の不正が見つかったんです。ヘルが退職した数年後です。表向きにはそんなことをするような人には見えなかったので、みんなショックを受けていました。今はどこでなにをしてるのか、知ってる人は少なくとも私のまわりにはいません」

そこまで言うと、マグダは深呼吸をした。

「ところで、私からも質問していいですか」

「どうぞ」

「どうして大英博物館をお辞めになったんですか。あなたのシニア・コンサバターとしての活躍ぶりはうちでも評判でしたよ」

少し考えてから、スギモトはこう答えた。

「自分が正しいと思ったことを、どんな手段を使ってもやる。そのためには、組織にいたら都合が悪いんですよ」

マグダはふっと笑みを漏らした。

「ちょっと似てますね」

「似てる？」

「ヘルとです。といっても、あなたに比べれば、ヘルは極端すぎですけどね。共感力が低くて、社会性がない。コミュニケーションがとれなくて、感覚が過敏。それに加えて、潔癖なくらい完璧主義。そういう人って、まわりに一定数いるでしょう？　その人たちの悪いところを全部足して、さらに何倍も悪化させたのがヘルです」

あまりの酷評っぷりに、スギモトは苦笑しながら言う。

「組織にはなじまなそうですね」

「自らの正義と組織の建前とのあいだで、折り合いをつけようとは絶対にしない人でしたからね。だから優秀だったのに、ツマハジキにされたんです。本当なら、今頃ここのセンター長になっていてもおかしくない実績を積んでいたはずなのに。惜しいです」

マグダの言い方に、他意はなさそうだった。

4

翌日マクシミランの同席で、二人は女子刑務所を再訪した。今回は雪は降っていないものの、車の窓は結露し、暖房も利かないほどだった。

今回もスギモトだけが個室に通された。モニター越しにヘルが現れる。前回面会してから二日しか経っていないのに、何ヶ月も経っているように感じられた。スギモトとアクリル板越しに向かい合って腰を下ろす。

「君が《受胎告知》を修復した教会と、ケンブリッジにある君の元勤め先に行ったよ。君を虐待した神父と、君に不当な扱いをした上司。はじめはその二人のどちらかが君の復讐相手なんじゃないかと思った。でも残念ながら二人とも違う。彼らへの君の復讐は、もう済んでいるからね。神父は足を痛めていたし、罪を世間に暴露され、聖職こそ失わなかったものの、今も多くの団体から目の敵にされている。そして元上司の論文の不正を暴いたのも君だね。

本当に不正があったのか、それとも君がでっち上げたのかは分からなかったが」

ヘルはやっと顔を上げた。

「それならば、今の君が復讐したい相手は誰か？　その腕、事故で失ったんじゃない。切られたんだろ」

表情も変えず、品定めするようにスギモトを見ている。

「一応、俺にも頼りにできる情報屋がいてね。君が右腕を失ったのは、フェルメールの《合奏》を修復した直後だ」

「あの《合奏》を？」

となりでモニターを見守っているマクシミランは呟いた。

一方、晴香はヘルが《合奏》を修復したあとに腕を失ったという経緯以上に、スギモトが秘密裡《り》に真相をたぐり寄せていたことの方に衝撃を受けていた。たしかに昨晩、ケンブリッジからロンドンに電車で戻ったあと、スギモトは先に戻っていてくれと言い、キングスクロス駅で消えた。晴香は彼のいないフラットで、マグダから受け取ったヘルの業績や報告書に夜通し目を通した。スギモトが戻って来たのは明け方で、どこに行っていたのかと訊ねても教えてくれなかった。ただ「夜が明けたら、もう一度ヘルに会いに行く」と告げただけだった。情報屋とは誰なのだ。

「君が復讐したいのは、《合奏》の修復を依頼した連中の黒幕じゃないのか」

スギモトは問い、緊迫した空気が流れた。

晴香はスギモトに対する感情をいったん脇に置いて、状況を整理する。

フェルメールの《合奏》は、第二の盗難事件の資料として読んだ、元使用人の手記にも登場した名画である。しかし《合奏》を世界的に有名にした背景には、とある別の事情があった。フェルメールはその稀少性と知名度から、過去に四点の作品が、五回にわたって盗難の憂き目に遭っている。そのうち、《恋文》《ギターを弾く女》、そして二度も盗まれた《手紙を書く婦人と召使い》は、幸いにして戻って来た。しかし一九九〇年にイザベラ・スチュアート・ガードナー美術館から盗まれた《合奏》だけは、未解決事件として迷宮入りしている。

「彼女が本当に《合奏》を修復したなら、今回の事件についてだけじゃなく、訊くべきことが山ほどあるぞ」

モニターを見守っていたマクシミランが言った。

「たしか《合奏》って、アメリカの事件ですよね？」

「ああ、ボストンのね。でも《合奏》の盗難は、世界中の警察組織が連携して捜査に取り組んだにもかかわらず解決に至らなかった、われわれ美術捜査官にとっては痛恨の極みなんだよ。しかも美術館に押し入った二人組の犯人は、《合奏》だけじゃなく、合計十三点の絵画を持ち去った。この記録は、いまだ破られていない。とりわけ価値が高かったのが《合奏》だった」

「九〇年頃って、たしか美術市場の相場が高騰していた時代ですよね」

今でも語り継がれるレコードの多くは、この時期のものだ。たとえば、日本の某企業がゴッホの《ひまわり》を競り落とし、世界に衝撃を与えたのもこの頃である。今よりも伸びしろがあった分、史上最高落札額が飛躍的に塗り替えられていた。

マクシミランは肯く。

「だからこそ、絵画はカネになるっていう認識が、当時犯罪組織に浸透したんだ。九〇年頃から、絵画の盗難事件は急増した。イタリアのカラビニエリ・アート・スクワッド、パリを拠点とするユネスコの盗難美術捜査班、FBIの美術犯罪チームといった専門組織が、相次いで整えられたのもこの頃さ。《合奏》に関しては、FBIだけでなく、ユーロポールや解体される以前のロンドン警視庁美術特捜班も、懸命な捜索を行なった。にもかかわらず頓挫した――」

とつぜん笑い声が耳に届いて、二人はモニターに注意を戻した。

ヘルが笑っているのだった。抑えられた、くすくすという囁きだ。

「案外、お前も使えるようだな」

「だろ？」とスギモトは口角を上げる。

「腕を切断される直前、私は《合奏》を修復した」

自らの過去を再確認するかのごとく、音節を区切って言った。

「本当にそうだったか。じつはちょっと信じられなかったんだ。史上最高額とされる盗難品が、まだ存在してるなんてね」

ヘルの白いまつ毛が伏せられた。

「私も最初は信じられなかった。でも間違いなく、あれは一六六五年から一六六六年という、フェルメールの様式がもっとも洗練された時期に完成された一枚だ。あれと対峙したときの、立ち眩みを起こすような感覚は、いまだに憶えている。どれだけダメージを受けて劣化しても、中核にある根源的な輝きは失われない。逆に、優れた画家特有の輝きだけは、第三者が容易く偽れるものじゃない。それを見抜く私の直感は、今まで外れた例《ため》しがなくてね」

いきなり饒舌《じょうぜつ》になったヘルの話を聞きながら、晴香は昨晩目を通した資料のなかに、フェルメール作品の修復プロジェクトの報告書も含まれていたことを思い出す。ヘルはあの工房で、オランダの近世絵画を多く修復していた。北方ルネサンスからはじまり、レンブラント、フェルメール、ゴッホと多岐にわたった。

いずれも、元同僚のマグダが証言した通り、その仕事ぶりは類を見ないものだった。神経質なまでに行き届いた、それでいて無駄のない報告書ばかりで、晴香は同じコンサバターとして勉強になったほどだ。

そんなヘルが、そこまで感じたのだ。彼女は本当に、美術史上のブラックボックスに臨んだのかもしれない。その底なしの深淵が、どれほど暗く澱《よど》んでいるかは、実際に目にした彼女にしか知る由はない。

「そのときのことを、詳しく聞かせてくれないだろうか？　君から腕を奪った相手を捜すためにも」

ヘルは体勢を変えず、義手になった右腕に左手を伸ばした。

そして幻肢を確かめるように、ゆっくりと撫でた。

「私が目撃した《合奏》は、見るも無残な状態だった。窃盗に遭ったとき、乱暴な扱いを受けたんだろう。転売をくり返され、『修復』と『描き替え』の違いも分からない、傲慢な自称修復士の手にも渡ったらしく、痛々しい姿になっていた。それを相手は、短期間で完璧に仕上げろと言ってきた」

「あれほど繊細な描写表現になると、時間も要しただろう。君は無理難題をクリアできたのか？」

「愚問だな。私の実力を知っているだろう。まずは、それまで馬鹿どもの加えた汚れを落とし、変色したワニスを除去した。そして剝落を接着させて、あまりにもひどい箇所は大胆な補彩も加えた。かなりの大仕事だった」

「依頼主は満足したか？」

「私は言われた通り、完璧に仕事を終えた。他のどの修復士がやるよりも、緻密で正確だったはずだ。これ以上はないという状態まで仕上げた。依頼主が誰なのかは最後まで分からなかったが、その場に私を案内した者たちは少なくとも満足そうだった」

「それなのに、なぜ」

「あの頃、《合奏》には懸賞金がかけられていた」

そういうことか、とマクシミランがこめかみに手をやった。

晴香の視線を察し、彼はこう説明する。

二〇一一年、ガードナー美術館は、有力な情報提供者に五百万ドルの懸賞金を出すことを発表したという。盗難が起こった直後に比べれば、五倍の金額だった。その直前に、当時ボストンのアイルランド系マフィアを仕切っていた重要人物が逮捕されたためだ。その人物はガードナー美術館の事件にも関わっていると考えられていた。だから警察は、ボスの報復を恐れて沈黙を貫いてきた手下たちに、餌を放り投げることにした。彼らに沈黙を強いていた口枷《くちかせ》が外れて、新たな手がかりをこぼすのではないかと期待したのだ。それが五百万ドルという法外な懸賞金を提示した裏側だという。

しかし表向きの進展はなかった。どの情報提供者も条件を提示してきたからだ。実行犯や今の絵画の持ち主の訴追免責を前提としたり、司法取引を要求する犯罪者もおり、面目を潰されることを拒んだ警察やＦＢＩは、彼らと折り合いをつけなかった。一節には、内通者が警察組織にいたせいだとも囁かれている。いずれの交渉も難航して、《合奏》は闇に葬られたまま今に至る。

すると、スギモトが訊ねた。

「君は密告したんだな？」

ヘルはゆっくりと首を左右にふった。

「最初はチクるつもりだった。でも結局、私は黙っていた。懸賞金は喉から手が出るほど欲しかったが、正しい情報が流れれば、疑われるのは間違いない。微々たるものだったが、修復に対する対価も支払われていたし、機を待つことにした」

ヘルはそこまで話すと、口をつぐんだ。ふたたび義手の方に左手を伸ばしかけたが、思いとどまって膝のうえに戻した。

「《合奏》を修復し終えてから、一ヶ月が経とうとしていた。私は夜道でとつぜん拉致された。意識が戻ったとき、薄暗い密室で拘束されていた。目の前にいた男が、警察に垂れ込んだことを正直に吐けと脅してきた。

最初のうち、《合奏》の修復を依頼した持ち主側が、私が密告したと誤解して報復に来たのかと思ったが、辻褄が合わない質問もいくつかされた。持ち主側についての情報を教えるように言ってきたからだ。《合奏》をねらう別のグループが、私が《合奏》を修復したという噂を聞きつけ、作品の在り処を捻《ひね》り出そうとしたのかもしれない。

だが、私は持ち主のことなんて、なにひとつ知らなかった。いつまでも黙っている私のことを、彼らはただでは諦めなかった。四回。刃渡り五十センチの刃物が、私の腕に振り下ろされた回数だ」

淡々とした語り口で、ヘルはこうつづける。

「このことを誰かに話したら、今度は首を切ると言われ、私は草原に捨てられた。朦朧《もうろう》とする意識のなか彷徨《さまよ》って、運よく車道を見つけた。それから三週間、昏睡状態だった。一時間でも発見が遅れていれば、助からなかっただろうと医者には言われたよ。警察がやって来て、どこでどうして腕を失ったのかと問い詰められたが、私は事故だと主張した。この話をするのは、お前がはじめてだ」

「あの筋電義手は、どこで手に入れた？」

ヘルは目を細めた。

「あれを見たか。本物の腕以上に力強く、繊細な動きをしてくれる。偽物の腕の方が役に立つなんて、想像もしなかったよ。だが、かといって、私から本物の腕を奪った連中を許すわけにはいかない。幸い、独房にいると、考える時間がたっぷりとある。どうやって連中に思い知らせるか。そのことを考えない日はない」

「分かった。ロンドン警視庁が、これから君を傷つけた連中を明らかにするだろう。その代わりに、《ひまわり》と《少女と手紙》を盗んだ犯人について、今すぐ情報をくれ。もう時間がないんだ」

スギモトが言うと、ヘルは口角を上げた。

「まだ私を釈放さえしていないのにか？　お前や警察は、何様のつもりだ？　時間がないのは、お前たちがのろまなせいだろう。人に訊く前に、自分の脳みそを使ってみたらどうだ、ケント・スギモト。それとも、お前の頭はただの飾りか？　そんなんじゃ親父は超えられないぞ。なぜ犯人は、そんな要求をしたのだと思う」

「ヒースロー空港に眠る盗品を得るためじゃないのか」

「なんのためにだ」と畳みかける。

「金銭目的か、あるいは、政治的主張か――」

ヘルは大声で笑い飛ばした。

「安っぽい発想だな！　お前はやはり日の当たる場所を歩いてきた能天気な男さ。最初から今回の事件は、お前の手には負えなかったんだ。なぜ盗まれたのが転売しやすい中級の作品ではなく、誰もが知る西洋美術の名画だった？　持ち主の共通点はなんだ？　本当の答えが知りたければ、私を釈放しろ」

言い終えると、ヘルは席を立ち、刑務官に連れられて行った。

モニターが暗転すると、窓がガタガタと震える音が届いた。

戻って来たスギモトは、目を合わせずに訊ねる。

「マクシミランは？」

「電話をしに行きました」

「君は彼に送ってもらえ。俺は行くところがある」

「行くところって？」

つい口調が強くなった。

「面倒くさいな。なんで全部君に言わなくちゃいけないんだ」

スギモトに対する不信感を、晴香ははじめて自覚した。晴香は助手として、彼の力になりたいと思っていた。彼の足りないところを埋めようと努力していた。しかしそれは、おこがましいことなのだろうか。言葉が止まらなくなる。

「情報屋って誰ですか。あの教会のことだって調べていたのに、私には黙っていましたよね。なにを考えてらっしゃるんです？　なぜヘルにこだわるんです？　たしかにヘルはなにか知っているのかもしれないけど、真実を話してくれる保証はどこにもない。むしろ、いいようにヘルに利用されるだけなんじゃ？　私には《ひまわり》を取り戻す以前に、わざわざ回り道をして、厄介なところに入り込んでいるようにしか思えませんけど」

晴香はスギモトを尊敬する一方で、この事件を解決したとしても、彼の方に自分を受け入れる気がない限り、今後やっていくのは難しいのではという不安が芽生えていた。この危機的な状況でそんな発言をすれば、面倒くさがられて当然だと分かっていても、危機的だからこそ伝えなくてはいけない。

無表情で話を聞いていたスギモトが、やっと口をひらいた。

「言いたいことは、それだけか」

「え？」

「君はいつから、俺を責める立場になった」

「責めるなんて、そんなつもりじゃ――」

「俺が信用できないなら、日本に帰ればいい」

「信用してくれてないのは、そっちの方じゃないですか！」

仲違いしている場合ではない。晴香は慌てて、あなたを責めているわけでも、信用していないわけでもないのだ、と弁明しようとする。しかしヘルから聞いた話が衝撃的だったせいもあり、今の気持ちをどう表現すればいいのか、咄嗟に出てこない。

「たしかに、俺は君を信用していない」

冷たいまなざしを向けられ、晴香は怯《ひる》んだ。

あの夜、目を覚ましたときの、みじめな感覚がよみがえったからだ。見張り役に名乗り出ながら、間抜けにも居眠りをしてしまった、あの夜の戦慄。血液がとつぜん逆流したような衝撃のあと、とてつもない後悔に襲われた。スギモトにあれこれと口を出しておきながら、こんな事態に陥っているのは、すべて自分のせいだ。自分が寝ていたからなのだ。

「すみません」

唇を嚙んで、晴香はうつむいた。

「そんなに知りたきゃ、夕方五時トラファルガー広場に来い」

顔を上げたが、彼はすでに扉の方に向かっていた。

ロンドンに戻る車内、晴香はうわの空だった。結露を拭った隙間の向こうを、ぼんやりと眺める。スギモトは今頃、どこでなにをしているんだろう。どうしてさっきあんなことを言ってしまったのか。今の晴香にとって一番怖いのは、自分に危害が及ぶことでも、修復士でいられなくなることでもなく、スギモトから切られることだとはじめて気がつく。

「ケントとなにかあった？」

マクシミランはハンドルを握り、前方を向いている。

凹凸の激しい雪道を、車は進んで行く。

「君たちとエジンバラに行ったとき、ケントと二人で朝食に行ったんだけど」とマクシミランは穏やかな口調でつづける。「急遽《きゅうきょ》、僕はロンドンに帰らなくちゃいけなくなって。あのときのこと、憶えてる？」

晴香は座り直し、肯く。

「憶えてます。私にも連絡をくださってましたよね」

「あの朝、じつはケントに君のことを訊いたんだ。どうして助手に選んだのかって。僕もあのときは、ケントを美術特捜班の民間顧問にするなら、君のこともある程度調べておかなくちゃいけなかったからね。するとケントは、なんと答えたと思う？」

晴香は首を左右にふった。

「パートナーとして、あんなに適した人材はいない。大英博物館でアルバイトをはじめたときから遅刻もせず、一生懸命で気遣いがある。自分にはない美徳があるから、信用できるんだって言ってたよ」

　モニター室での会話を聞いていたのだろうか。

「ありがとうございます。私のせいで《ひまわり》が盗まれて、マクシミランさんにも迷惑かけているのに。こんなんじゃ、助手として一人前になれないですね。本当はもっと力になりたいんですが」

「ケントの秘密主義は昔からだから、あんまり気にしない方がいいよ。僕にだって、あいつの考えてることは分からない。一応、刑事として動向を追ってはいるけどね。君にも黙っているとすれば、危険が及ばないようにしてるだけじゃないかな」

　目が合ったとき、はじめて晴香はマクシミランの目元にスギモトの面影を認めた。いくらか痩せて若返れば、全体像も似ているに違いない。こんなに似ていただろうか。反射的に目を逸らす。

「日本に帰ればいいって言ったのも、ケントの本心じゃないよ」

「やっぱり聞いてたんですね」

「入るタイミングを失ったんだ」

　マクシミランは肩をすくめた。

「ところで、ひとつ訊きたいことがあるんだけど、アンジェラは事件の前、どうしてフラットに来たの？」

彼の口調は、変わらず穏やかで紳士的だった。

しかしその一言で、晴香はようやく気がついた。

晴香がスギモトの助手になってから、彼はずっと優しかったが、それには目的があり、スギモト本人から隠されるような情報を、助手からなら引き出せると考えていたのではないか。

そして事件が起こったあとは、捜査の手がかりとなる情報を得るために、こちらの心をひらかせていた。

いつのまにか彼を信頼していた晴香は、ひょっとすれば自分に好意があるのかな、などと思っていたが、マクシミランはかつて英国軍に在籍していた刑事である。捜査のために、こちらに話を合わせ、安心させてしゃべらせる、ということも当然行なうだろう。晴香は唐突に切り出された、アンジェラについての質問から、彼の刑事としての側面を強く感じた。

ここで怯んでしまえば、マクシミランの思惑通りである。

晴香は少し考えてから、はっきりと答える。

「アンジェラは、犯人じゃないですよ」

意外な返答だったらしく、マクシミランはしばらく沈黙した。

「君はなぜそんなに、アンジェラを信じられるのかな」

「どういう意味ですか」

訊ねると、彼はシニカルな笑みを浮かべ、冷たい口調になった。

「だって君は彼女のことを、なにも知らないだろ？　無意識のうちに、彼女に利用されている、なんていう可能性もあるんだよ。そうすれば、当然、君も罪に問われる。それでも彼女を信じられるの？」

即座に否定したかったが、晴香にはできなかった。

たしかにアンジェラとは知り合ったばかりで、友人だと一方的に思い込んでいたが、なぜそんなに信じられるのか、自分でも分からない。彼女が犯人ではないという意見も、スギモトに断言され、影響されただけだ。

よく考えれば、自分はアンジェラにとって、別れた男の助手である。もし彼女に未練でもあれば、じつは不愉快に思われているかもしれない。自分たちの関係のうえに、本当に友情は成立するのだろうか。

「でも犯人は《ひまわり》だけじゃなくて、フェルメールの新発見やヒースロー空港に眠る盗品についても知っていたわけですよね？　オークション会社勤務のアンジェラが、どうやってその情報を手に入れたっていうんですか」

「ケントと同じことを言うんだな。まぁ、あいつにしてみれば、アンジェラを守りたいんだろうけど。困ったことに、僕の言うことにもまったく耳を貸さなくてね。でも僕は刑事である以上、彼女を捜査線上から外すわけにはいかない。君はまだこの状況の深刻さを分かってないようだから、はっきりと言っておくけど、僕は彼女を今も疑っている。事件が起こる直前に、君たちの他に実物の作品を目にした唯一の人物であり、犯行動機も十分に想定できるから」

マクシミランいわく、事件前から、アンジェラはまるで予兆していたかのように、娘のジュリーをずっと実家に預けているらしい。また自宅にも帰らず、職場から近いホテルに滞在している。他にも、事件に無関係であればとらないような、不審な行動を多々とっており、間違いなくなにかに絡んでいると彼は言った。アンジェラは今、完全に警察の監視下に置かれているようだ。

「時間がないんだ。われわれ警察はどんな手を使っても、犯人を見つけなきゃいけない。だから捜査に協力してほしい。それに悪いけど、君が僕のことを知らないのと同様、僕も君のことをよく知らないからね」

彼は親切な口調に戻って、残念そうに言った。

マクシミランが疑っているのは、アンジェラだけではない。

この自分も含まれている。

晴香はため息を吐いて、知っている限りのことを話すことにした。

「アンジェラがうちに来たのは、《ひまわり》の来歴を調べてくれていたからです。でも思い返してみれば、私から頼んだわけじゃなくて、彼女から率先して調べると提案されていました」

「なるほど」

「ただ、あなたの言う通り、私はアンジェラのことを知らないですし、事件のあと連絡はとっていません。それは本当です」

「分かった。他にも、君たちに協力をお願いしたいのは、犯行グループから送られてきた《ひまわり》の切れ端についてだ。動画はこちらで解析しているけれど、犯人につながる情報を、切れ端からも得られないだろうか」

あの日、警部のもとに切れ端が送られてきたあと、スギモトは事務所に持ち帰り、科学分析を済ませていた。事件の証拠品とはいえ、美術作品である以上、鑑識ではなく民間顧問であるスギモトに、その捜査や鑑定が任されたのだ。結果、スミスから依頼を受けた一点とまったく一致することが分かっていた。警察の方でも、ナイフの入れ方や、犯人のＤＮＡに関する痕跡など、捜査につながる手がかりを調べているらしいが、晴香は事務所に戻ったら、今一度スギモトと確認してみると約束した。

5

晴香は約束の時間より十分早く、トラファルガー広場に到着した。ナショナル・ギャラリーの正面玄関でもあるトラファルガー広場は、閉館後に休憩をする観光客もいれば、プラカードを掲げて演説する活動家の姿もある。空は暗いが、電飾に加えて冬のマーケットが軒を連ね、お祭りのような賑やかさだった。獅子のモニュメントの前で晴香はコートのポケットに手を入れ、スギモトを待った。やがて冷たい小雨がぱらつき、晴香は折り畳み傘をさす。

スギモトが現れた。

「帰り道、アンジェラのことを訊かれました」

「なんて答えた？」

「知っていることを答えました」

そう、とだけスギモトは呟いた。もっとなにか言われるかと思っていた晴香は、苛立ちをおぼえる。アンジェラのことになると、彼は本当に歯切れが悪くなる。そもそも自分をこんな状況に巻き込み、あの日アンジェラにぺらぺらと《ひまわり》のことを話したのは、この男なのに。しかし憤ったところで、彼の助手になると決めたのも、作品が盗まれた現場で寝ていたのも、自分自身なのだった。

気まずい沈黙が流れ、晴香はスギモトに訊ねる。

「傘、入りますか」

「いや、いい。どうせすぐ止むから」

しかし一分もすると、雨は本降りになった。

「あの、やっぱり入ります？」

そう言って、晴香は傘を差し出す。

「いいって言ってるだろ」

コートは防水素材だし、フードをかぶってはいるものの、ずぶ濡れである。晴香はこの街で、土砂降りのなか閉じた傘をわざわざ手に持っている歩行者を、何回も見かけたことがあった。最初のうちは、傘が壊れているのだなと気の毒に思ったが、たびたび目撃するうちに、本当の理由に気がついた。彼らにとって傘をささないことは、プライドなのだ。その証拠に、彼らは決まって威風堂々としていた。この男も同類か。

「屋根のあるところで待ちますか」

「君もしつこいな」

「だって、風邪ひいちゃうから」

「傘をささなくたって、誰にも迷惑はかけないだろう」

スギモトはそう言うと、不機嫌そうにそっぽを向いた。

彼の言う通り、まもなく雨は止んだ。ドヤ顔をしているスギモトに、いやいや、髪も服もびしょ濡れですけど、という一言を晴香は呑み込む。やっと秘密を打ち明けてもらえるのに、今それを口にしたら台無しだ。優しい気持ちをなんとか取り戻しながら、黙ってハンカチを手渡す。

トラファルガー広場には、歩く隙間もないほどの人が戻って来ていた。いったい誰が、自分たちと待ち合わせている人物なのかも分からない。

そのとき、声がした。

「誰だよ、この冴えないアジア女は？」

スギモトのとなりに立っていたのは、ヒッピーともバックパッカーともつかない、ボヘミアンな格好に身を包んだ、晴香と同世代か少し年下であろう男の子だった。晴香は「あ」と声を上げた。

「ジョンだ！」

「なんだよ、馴れ馴れしいな」とヒッピーは眉をひそめる。

「前に会ったことあるでしょ、ほら、大英博物館の地下で、コインを彼に手渡してくれたときに」

ジョンと出会ったのは、スギモトが父の行方を探すために、骨董店に残された「セクレタム」という暗号から、大英博物館の地下になにかがあるという答えを導き出したときだ。かつては地下鉄の駅だったところで、父から息子に宛てたメモを大切に保管してくれていたのがジョンである。大英博物館の付近で廃品回収要員をしていたが、相元氏からその勤勉さを見込まれ、伝達係を任されたと言っていた。

「ああ、あのときの！」

「紹介してなかったが、彼女は俺の助手だ」

「ふーん」とジョンは顎をさわりながら、品定めするように晴香を上から下まで眺める。

「こんなパッとしない女より、僕の方がケントの助手にふさわしいと思うんだけどな」

そもそもイラついていた晴香は、思わず日本語で「は？」と言ってしまった。となりにいるスギモトは笑いを堪えている。

「てゆうか、本当にただの助手なの？　さっき遠くから見ていた限り、仲良さそうにじゃれ合ってなかった？」

こんなに面倒くさい男の子だったかなと思いつつ、晴香は話題を変える。

「そんなことより、どうしてジョンがここに？」

「ケントから情報を集めてほしいって頼まれて、協力してたんだよ。こう見えて、僕は巷《ちまた》じゃ人気の情報屋でね。専門はハッキング。プライベートな調査員として、生計を立ててるってわけ。とくに裏の世界については知識と人脈があるから、引く手数多なのさ」

なるほど、ヘルとの面会のとき、スギモトが口にしていた「情報屋」というのは、このジョンのことだったのか。たしかにスギモトは大英博物館から独立した直後、ジョンと親しくなって、よく二人で遊びに出かけていた。ただの自由人に見えて、特別な能力を持ったキャラクターだったとは。どうやらスギモトはジョンから《合奏》のことを聞いて、ヘルとの交渉に臨んだようだ。

「でも『引く手数多』なんだったら、どうして廃品回収要員なんかをつづけているわけ」

晴香が訊ねると、ジョンはむっとしたような反応を見せた。

「あんた今、廃品回収要員を馬鹿にしたな？　情報屋にとっては、これほど美味しい仕事はないって分からないかな。家だって持たない方が都合いいんだ。仕事にとっても、僕にとってもね。それに言っておくけど、どこかに住みたくなりゃ、君が思うよりずっといいところを買える余裕はある」

ジョンは得意げに断言した。

「ちなみに、ジョンはGPS検索されるのを嫌がって、決まったスマホも持っていないんだ。だから待ち合わせるのは、いつもトラファルガー広場でね」

「木を隠すには森に行けって言うだろ」

晴香が感心していると、スギモトはポケットからあるものを探った。

「今回も協力をありがとう、報酬だ」

スギモトがジョンに渡したのは、一通の封筒だった。そのなかに「報酬」とやらが入っているようだ。ジョンはすっかりスギモトになついているらしく、嬉しそうにそれを受け取ると「ケントのためならいつでも力になるよ」とにっこり笑った。

「例の女修復士が復讐したい相手っていうのは、結局分かりそうかい」

「今警察が調べてくれているから、大丈夫だろう」

「早く見つかるといいな。ただし忠告しておくよ。あの女修復士のことは深追いしない方がいい」

ジョンは真顔になって、こうつづける。

「ケントが言っていたように、裏社会では美術盗難品を扱うシンジケートが暗躍している。やつらは富豪たちを顧客にして、麻薬、宝石、武器といった密売品の流通ルートとつながり、多くの作品を入手していることも当然、知ってるよな。でも今回僕のネットワークを駆使しても、なかなか内部には入り込めなかった。正直、今まで扱った案件のなかで一番手強《てごわ》かったよ。簡単に情報は出てこないし、大きな力が働いている気がする。僕はケントのことが好きだから、そういう世界に近づかないでほしい」

「ご忠告、肝に銘じるよ」

ジョンは人差し指と中指をクロスさせると、雑踏のなかに消えて行った。


翌日、有用な情報を提供すればヘルを釈放するという、司法取引の許可が下りた。ヘルの量刑が犯罪の内容に対して重すぎるという事情が考慮されたうえ、警察は期限が迫るなかどんな情報も必要としているようだ。今回の事件が単なる美術品の盗難ではなく、より大きな問題に発展することを恐れているのだろう。スギモトはヘルと最後の面会を行ない、その証明書類を提示した。

「約束通り、知っていることを教えてくれ」

面会室に現れたヘルは、悠然と答える。

「ずいぶんと追い詰められているようだな」

「はぐらかすなよ。犯人の名前は？」

「そう急ぐことはない、ケント・スギモト。どうせヒースロー空港の地下倉庫に眠る盗品のことも、知らなかったんだろう」

「ああ、知らなかった」

「お前でも知らないのに、その情報を握っているやつが、どれほどいると思う？」

ヘルは口角を上げると、こうつづける。

「犯人が知っていることは、それだけじゃない。盗難の被害に遭ったコレクターの共通点はなんだ」

「二人とも資産家で、アフガニスタンに縁がある。スミスはアフガンの鉱山の採掘権を独占した企業のＣＥＯで、ハワード卿の祖先は同国に侵出したイギリス軍を指揮する軍人だった」

「それだけか？　お前たちはもうひとつ、肝心な共通点を見落としている。悪人面した悪人よりも、善人面した悪人の方が、質《たち》が悪いということだ」

「まさか――」

「そう、そのまさかだ。あの二人の持っているコレクションには、闇市場から買ったものが一定数含まれている。社会的に優れた肩書があっても、どちらも盗品の消費者という悪党どもだったわけだ。三十年ほど前スミスが《ひまわり》を買った入手源だって、闇市場のシンジケートだ」

スギモトは天を仰いだあと、訊ねる。

「でもなぜ犯人は、そんなことを知っている？」

「そこだよ、ケント・スギモト。つまり犯人は、そんな二人の裏の顔を知っているやつなんだ。しかもヒースロー空港に眠る盗品のことも知っている。だとすれば、わたしの脳裏に浮かぶのは一人だけだ」

口角を上げて、ヘルはこうつづけた。

「アブドラ・ラバニ——通称エースというアフガニスタン系イギリス人の男。中東がらみの盗品を修復したとき、依頼主だったそいつと知り合った。私のことを使える相手だと判断したらしく、ある話をしてきた。とんでもない量の盗品を、ロンドン警視庁が隠し持っているという話だ。今回の計画に、やつが絡んでいないはずがない」

第四章

シルクロードの至宝

CONSERVATOR

十歳にも満たない少年が、黒いヴァンから降り立った。少年は一人きりで、とぼとぼとこちらに歩いて来る。三十度に届く暑さなのに、大人用の古いジャケットを着て、不機嫌そうだ。

マクシミランはその歩き方に、なぜか見憶えがあった。

止まりなさい、と誰かが拡声器で呼びかける。

しかし少年は、その声を合図のようにして、一目散に走り出した。行く先では、市民のために準備した物資を、仲間たちがトラックから降ろしている。少年のジャケットが翻り、内側に隠されていたものが覗いた。

爆弾ベストだった。

銃口を向けられているにもかかわらず、少年は迷いなくトラックに突進する。

「撃ちますか」

狙撃手から問われ、マクシミランは躊躇する。自分はなぜここにいる？　ああいう子どもを守るためじゃないのか？　撃て、という声と、見間違いかもしれない、という声が同時に脳内に響いた。責任を負うのは自分だ。返答しようとしても、喉を締めあげられたように言葉が出ない。

なぜだろう。

自分はあの少年を知っている。

「本物なら、全員死にます」

少年の手に握られていたのは、起爆スイッチだった。風が砂埃を掃《はら》った。少年の顔が、はっきりと見てとれた。アフガニスタン人の子どもではなかった。ロンドンに残してきた息子——クリスである。

飛行機の着陸する衝撃で、目が覚めた。

高度が急激に変わって、眠気に誘われていたのだ。

激しい動悸を深呼吸で抑えつつ、機内を見回す。

彼が搭乗していたのは、月に数度イギリス兵を送迎するために、アフガニスタンの各都市とロンドンのあいだを就航する、軍専用の便である。他の帰還兵たちは祖国への到着を喜び合い、機内には和やかな空気が漂っている。

マクシミランも今夏にラシュカルガーでの任期を終え、イギリスに帰国する軍人の一人だった。南部の州都ラシュカルガーには、イギリス軍をはじめ、米軍や連合諸国の主要な基地や、アフガニスタン国軍の拠点もある。

機体の停止を待ちながら、マクシミランは今見た夢について考える。あの光景は、完全なる想像の産物ではなかった。アフガニスタンで目撃した煉獄《れんごく》ともいえる戦場が、一部フラッシュバックしたのである。

この日、彼が祖国の地を踏むのは十一ヶ月ぶりだった。

戦地に派遣されるイギリス軍人の平均任期は七・七ヶ月。したがって自分は十分に役目を果たしたといえる。兵士たちの精神状態を保護するため、十五ヶ月を超えた駐在は、基本的に禁じられている。

士官学校卒業後、オフィサーとして経験を積んだマクシミランは、前年からイギリス軍が開始したオペレーション・ヘンリックに従事していた。

ヘンリック作戦は、米国が崩壊させたタリバン政権後の新たなアフガン国軍の育成、人道支援、国際的な地方復興チームとの連携などが主な内容である。平たく言えば、アフガニスタンの治安がこれ以上悪化しないように導くことが、イギリスを含む連合軍全体の使命だった。

とはいえ内実は、首都カブールをはじめ、アフガニスタン全土に残る地雷の除去、タリバンの残党との戦闘、捕虜の救出など、血なまぐさい仕事ばかりだった。エリート軍人であるマクシミラン自身は、危険な最前線にこそ配属されなかったが、極度のストレス状態に置かれていたことは変わらない。

基地の診療所で受けた、帰還兵を対象にした検査で、重度ではないがＰＴＳＤの傾向が見られるので、帰国後にしかるべき処置を受けるように、と医師から告げられた。精神面での訓練も十分に受けたはずだ。まさか自分が、とマクシミランは言葉を失った。

するとと医師は淡々とつづけた。

——戦争そのものが、人間の耐性の限界を超える経験なのです。平常で復帰できる方がごく一握りだ。言ってみれば、その方が普通ではないのですよ。むしろあなた以上に深刻な症状がほとんどです。あなたの場合は一年もすれば癒えるでしょうから、必要な時間として受け入れてください。

マクシミランは肯いた。

しかし戦地を離れ、身体や心の傷が癒えたとしても、軍人でありつづける未来を、うまく思い描くことができなかった。自分の向かう先に濃い霧がかかっているからだ。その霧の正体は、自分たちの行ないが、果たして本当に正しいのかどうかという疑問である。暑いときは五十度に届き、寒いときは氷点下にまで冷え込むラシュカルガーでの日々は、彼の正義感の支柱をことごとく壊していた。

検疫のあと、入国ゲートであるものを手渡された。イギリスを出国する際に、義務で軍に預けた私用の携帯電話である。預けたことさえ忘れていた。まるで時空を超えて運ばれてきた、見知らぬ文明の利器のようだ。使用方法は分かっても、役立て方が瞬時には思いつかない。奇妙な心地で、マクシミランは電源を入れた。

はじめにかけたのは、妻の番号だった。

「もしもし」

「おかえりなさい」

アフガンにいたとき、あるときから妻の声をまったく思い出せなくなったのに、こうして実際に耳にするとなつかしくなるのが不思議だった。

「空港まで迎えに行けなくて、ごめんなさい」

「いや、いいんだ。クリスはそこにいる？」

「学校よ」

「そうか……声が聞きたかったんだけど」

「今夜帰って来るでしょ？　クリスにも言ってあるから」

通話を切って、マクシミランは深いため息を吐いた。基地の空港ではなく、ヒースロー空港を到着地に選んだのは、家族が迎えに来ることを許可されているからだ。向こうの状況も考えず、淡い期待を抱いていた自分に呆れる。十一ヶ月のあいだに、かつての日常から乖離《かいり》したのは、自分の心だけではないのだろう。

溝はいつか埋まるのか、さらに深まるのか。

夫婦関係を悪化させた原因は、すべて自分にあると彼は思っている。これで三度目になる駐在も猛反対されたが、昇進のためには避けて通れない道だった。つねに責めるような目で見てくる妻と、しばらく距離を置きたいという動機もあった。

他の帰還兵たちが家族に笑顔と涙で迎え入れられるなか、マクシミランは一人、入国ゲートをくぐった。

「久しぶりだな」

声がして、ふり返ると、ある人物が立っていた。

「メイ先生」とマクシミランは立ち止まった。

「アフガニスタンでの任期、ご苦労だった。教え子が実績を残してくれて、鼻が高いよ」

メイはマクシミランと固く握手をした。

「こちらこそ、メイ先生から教わったことのおかげです」

「出迎えは？」

マクシミランは苦笑しながら、「悲しいかな、この通りです」と肩をすくめた。

「それにしても、どうして先生がここに」

「君に見せたいものがあってね」

メイは出口とは違う方向に歩きはじめた。

彼はマクシミランが通っていた、上級指揮官や参謀を若年のうちから育てるための士官学校で、当時、座学の授業を受け持っていた。ロンドン警視庁の巡査部長でもあったが、つい先日、警部補に昇進したと聞いている。首席だったマクシミランを気に入り、卒業後もたまに連絡を取り合っていた。

しかし帰国に合わせて会いに来るなんて、何事だろう。

「じつは君の活躍ぶりを警視庁の上層部に報告したところ、ぜひ君を迎え入れたいという話になってね。もちろん、軍でのランクを考慮して、警察学校の卒業資格などは免除される。そして警視庁でも、専門的な役職に就いてもらうことになるが、検討してもらえるだろうか」

マクシミランは困惑しながら、腹の内の読めないメイの笑顔を見つめた。

「深読みすることはない。君はそれほどの人材なのだ」

軍と警察に、表向きのつながりはない。独立した異なる組織なので、仕事内容やトレーニング法も別だ。しかし上層部では、両方の役職の兼務や異動がなされている、という話は司令官から聞いたことがある。

「専門的な役職というのは？」

「そのことについて、今日は話しに来たのだ。ちょうど君がヒースロー空港に到着すると聞いて、都合がいいと思ってね」

状況を呑み込めないマクシミランに、メイは「ついて来なさい」と言った。案内されたのは、空港内の無人に近い建物だった。高い壁が築かれた入口には、武装したセキュリティガードが数名立っている。建物の周囲には、おそらく税関の手続きを待つクレートが、積み重ねられていた。

エレベーターに乗り込んで、メイは階下のボタンを押した。地下階で降りたメイは、無機質な廊下を進んで、奥のシャッターの前で立ち止まった。静けさを切り裂くように、金属音を立ててシャッターが上昇する。向こうに待っていたのは、体育館を連想させる広大でなにもない空間だった。高い天井には、巨大な空調装置が取り付けられている。

「ここは？」

「盗品専用として設計された、警視庁管轄下の倉庫だ。ここには中東地域、とくに君が赴任したアフガニスタンで奪われた盗品が、世界中から集まってくるだろう。この倉庫がいっぱいになるくらい、回収できるといいんだが」

そう言って、メイは口角を上げた。

アフガニスタンという地名を聞いて、マクシミランはふたたび動悸がした。

「イスラム過激派の資金源はなにか？」

訊ねられ、彼は自身の動揺を隠すように即座に答える。

「外国からの資金提供と麻薬です」

その通り、とメイは肯いた。

「これからはもうひとつ、新たな資金源が加わる。美術品だ。略奪された文化財を転売して得る利益は、すでにテロ組織の貴重な財源になっている。人類共有の財産が霧散し、悪党どもが武器を買う金に変わるなんていう二重の悲劇は、なにがあっても許してはいけない」

メイの話を聞きながら、駐在中の記憶を思い出す。

国境を接するパキスタンの都市ペシャワールを訪れた際、近隣の山脈から採れる青いラピスラズリの原石をはじめ、数々の宝石や金銀の取引がなされていた。その一角にはあやしげな雰囲気の露店が並んでおり、壊れた石像や工芸品が叩き売りされていた。あれらは氷山の一角に過ぎないのだろう。テロ組織のつぎなる資金源がそうした盗品だと聞いても驚きはしない。

「君には美術特捜班に来てほしいと思っている」

「美術特捜班？」

聞いたこともない固有名だった。

「六〇年代にロンドン警視庁内で創設された、歴史ある特殊部隊だよ。しばらく解体されて存在しなかったが、同時多発テロが起きる前から、水面下で再編成を模索していた。近々マスコミにも発表されるが、今ほど美術特捜班が必要とされるタイミングはない。文化財保護を行なうユネスコとの連携体制も整えている」

「しかしメイ先生、私は美術には疎いですよ」

メイは笑みを漏らした。

「心配しなくていい。それ以上に、君にはアフガニスタンでの従軍経験があり、現地語も理解できる。われわれが扱う盗品でもっとも多いのは、アフガニスタンから流出した盗品になるだろう。それに警視庁内の特殊部隊とはいえ、盗品管理という任務は、国家機関とも連携をとりながら進めねばならない。警視庁以外の人材、とくに入隊経験のある人材が欲しいのだ。単に美術に詳しい者でいいなら、どこかの博物館で人を探している。引き受けてくれるね？」

武力は武力では止まらない。いくら軍を送っても、平和のためと謳《うた》っても、争いは泥沼化するばかりだった。なぜならアフガニスタンを取り巻く各国が、地下に埋まる資源や地理的条件を目当てに、それぞれの思惑でアフガニスタン人が過ちを犯すように仕向けているからだ。人のものを奪ってはいけない――子どもが学校で最初に習うようなことが守られないせいで、想像を絶するほどの犠牲が今も払われつづけている。それならば、盗難品を回収するという仕事は、今の自分が取り組むべき新たな任務なのかもしれない。

「美術特捜班の任務を遂行すれば、アフガニスタンに平和は訪れますか」

メイは数秒の沈黙ののち、小さく肯いた。

「テロ組織は勢いを失い、文化も守られるだろう」

マクシミランは差し出された手を握った。

「志願します」

メイは満足そうにほほ笑むと、

「そうと決まれば、紹介したい相手がいる」

と言って、真新しく空虚な倉庫をあとにした。

地上階に上がって建物の外に出ると、一人の男が立っていた。その男性を見たとき、マクシミランははじめて白昼に目の覚めている状況で、鮮烈なフラッシュバックを経験した。なぜならその男性は、アフガニスタン人だったからだ。

軍には、パシュトゥーン人とペルシャ人の違いが分からない者もいたが、マクシミランはすぐに彼がアフガニスタン系だと認識した。そしてその男性を視界に捉えながらも、脳内のスクリーンには、今まで何度も夢のなかに押し入ってきた光景――戦地で銃口を向けたアフガンの兵士たちや、街中でこちらに向かってきた自爆テロ犯の姿――が再生されていた。

手の震えに気づかれないように、拳を握る。徐々に冷静さを取り戻しながら、マクシミランは男を観察した。ジーンズにTシャツという格好で、体格は細い方だ。軍人には見えない。警察組織の人間か。

「彼はアブドラだ」

「エースと呼んでください」

彼は即座に言い、マクシミランに手を伸ばした。

握手には応じたが、目を合わせることができない。

中東系移民というだけで、テロリストと決めつけるようなイスラム恐怖症を、マクシミランは戦地に赴くまで批判的に捉えていた。そうした差別意識こそ嘆かわしく愚かだ、と。また実際にアフガニスタンで、被害者としてのイスラム教徒と触れ合った自分は、人種を超えて平等に接することができるという自負があった。

しかしエースという男を前にして、マクシミランは反射的に、戦地での経験を生々しく思い出していた。

自分はこの男を恐れている――。

その事実が、尚更彼を動揺させた。

「エースは君と同じ美術特捜班の一員になる。一ヶ月後、アフガニスタンに赴任してもらうから、君とは入れ違いになってしまうが、同志には変わりない」

「任期は？」

「決まっていない。当面は向こうにいてもらう」

耳を疑い、メイを見た。

メイは平然とほほ笑んでいる。

「彼には、現地でどのように盗品が売買されているのか、そのルートを調査してもらう」

さらりと口にされた任務は、途方もなく苛酷で危険なものに聞こえた。

しかしエースはメイを信じているのか、その目に不安の影はない。

「ともに犯罪者から美術品を守りましょう」

エースは完璧な英語で言った。

マクシミランは肯きながらも、エースの言う「犯罪者」とは誰のことなのかがよく分からなかった。

1

ヘルから犯人の名前が挙がった直後、マクシミランのスマホが鳴った。別の刑事からだった。インターネットにアップされた動画を解析すると、白い布で覆われた背景に、一部特徴のある壁紙がうつりこんでいた。内装屋からの聞き取り調査から、販売ルートを辿ると、その壁紙はロンドンで百ヶ所以上の住宅に使用されていたが、もうひとつのヒントとして、ノイズにかすかな航空機のエンジン音が混じっていることが判明した。したがって、その壁紙が使用された物件のうち、空港から近いエリアに絞ったところ、犯行グループがその映像を撮影した住所が、さきほど特定されたという。

すでにメイ警部を含めた美術特捜班の刑事たちは、導き出されたヒースロー空港付近に位置する住所に向かっていた。マクシミランもスギモトや晴香とともに、女子刑務所からすぐに出発する。

「エースって何者だ」

車中、エースが元刑事であることを明かしたあと、しばらく口を閉ざしているマクシミランに、スギモトが痺れを切らして訊ねる。「なぜ元刑事がこんな犯行を?」

「……僕からはなにも言えない」

「おいおい、この期に及んでまだ隠すつもりか！」

「違う、僕も知らないんだ！」

「どういうことだ、元同僚じゃないのか」

「潜入捜査官だったんだよ。それも極秘任務の」

苦々しげに、マクシミランは言った。「はじめて会ったのは、僕がアフガニスタンから帰国した日だった。その日、僕は入庁して美術特捜班に来るようにとメイから誘われ、巡査だったエースを紹介された。戦場から迷いを持ち帰った僕と違って、エースは確固たる志に燃えていた」

「志って」と、スギモトは訊ねる。

「アフガニスタンを救うことさ。だからエースは当時警視庁内に編成されたばかりの、テロ対策司令部に志願していた。そこで、メイが美術特捜班に来ないかと声をかけたらしい。難民二世だったエースは、見かけは中東系だが、イギリスで生まれ、刑事になるための高等教育も受けていた。だから潜入捜査官に抜擢されたんだろう」

「どんな潜入捜査だったんだ」

「アフガニスタンで盗品の流通ルートを探る。詳しく言えば、カブールを拠点とする現地の考古学警察隊と連携をとりながら、古美術を密売するシンジケートの存在を確かめ、テロ組織にどう資金が流れているのかをレポートする」

マクシミランは淡々と言う。

スギモトは深く息を吐いて、「なるほどな」と言った。

「だからヒースロー空港で、あれほどの量を検挙できたわけか」

「ああ、彼はたしかに有能な捜査官だったんだろう。潜入捜査を終えたら、警視庁でも優遇され、希望するテロ対策司令部にうつり、出世コースにも乗るはずだったんだ。それなのに帰国後、あっけなく警視庁を辞めた」

「なぜ?」

「メイからは、彼は任務のせいで変わったんだと聞かされた。驚いたよ。僕と出会ったときのエースは、メイに忠誠を誓っていたから。二人の出会いは警察学校で、教官と教え子という関係だった。僕が士官学校でメイと出会ったようにね」

「任務中、エースとつながっていたのは?」

「メイだけだ。同じチームの僕でさえも、エースの消息を知らなかった。エースが現地で体験したこと、遂行していた任務の詳細はメイしか知らない」

「それ以来、お前はエースと会っていなかったのか」

「いや、一度だけ再会したよ。アフガニスタンから帰国後METに現れた彼と、たまたますれ違って声をかけられたんだ。僕の方はすぐに彼とは気がつかなかった。彼は別人のようになっていたから。長期にわたる潜入捜査をねぎらうと、彼はもう警官バッジは返却したと答えた。理由を訊ねると、エースは『お前はまだメイのことを信じているのか』と質問で返した。もちろんだと僕が答えると、彼は笑ったよ。そして『なにも知らないお前には伝わらないだろう。でも最後には、きっと本当のことを理解する』と言われた。いまだに不可解だけれど、まさかこんな事態になろうとは」

マクシミランは表情を歪《ゆが》めた。

「でももしエースが《ひまわり》やフェルメールの真作を盗んだ犯人だとすれば、どうして今になって？　辞めてから十年近く経っているわけですよね」

「機が熟すのを待っていたんだろう」

晴香の問いに、スギモトが答える。

「なんですか、その機って」

「スミスの《ひまわり》やフェルメールの真作が現れたこと、そして《ひまわり》の修復を依頼されたのが、美術特捜班の民間顧問に就任した俺だったこと。それが彼にとってはこれ以上ないチャンスだったんだろう」

「でも本当の目的は？　空港の盗品をまた闇市場に流すつもりでしょうか」

「それを解くには、まず動機からだ。メイに訊くしかない」

2

動画を解析して導き出された住所の上空では、ヒースロー空港に発着する飛行機が往来していた。マクシミランの車が到着した頃には、周辺にはパトカーが何台も停車し、美術特捜班を含む警察が室内を捜索していた。

廃墟と見まがうアパートの一室に、家具はほとんどない。しかし壁にはたくさんの写真や付箋が貼られ、目を通すと、すべてがアフガニスタンから略奪された盗品に関するものだった。ヒースロー空港の倉庫に眠っている盗品の調査と犯行計画が、ここで行なわれていた証拠である。

マクシミランはメイ警部を認めると、「やはりエースの線でした、彼を捜しましょう」と言った。メイ警部は息を吸い、眉をひそめて「どこでその情報を？　今私からも、君たちに話そうと思っていたところなんだ」と言って部屋の奥に案内した。

その部屋には小さな机に、ラップトップが一台置かれていた。

「長らくこの部屋は、エースが借りていたようだ。ただ、われわれが押し入ったときには本人の姿はなく、例の絵画二点も現状では見つかっていない。その代わり、彼自身のものと思われる手記が残されていた」

「つまり、エースはわれわれがここに来ることを見越し、新たな犯行声明を残したと？」

「認めたくはないが、まんまと乗せられたのだろう。警察側にこの居場所の情報を与えるために、ここに辿り着ける情報を故意に残した可能性が高い」

「で、その手記というのは？」

メイ警部は苦々しげにラップトップの方を顎でしゃくった。

「確認します」

マクシミランよりも先に、スギモトがそれを手に取った。

そのデータは「アフガン・レポート」という題名で保存されていた。

＊

――なぜ二枚の絵画を盗んだのか。その理由を明らかにするには、わたしがアフガニスタンで体験したことを語らねばならない。ここに書かれたことはすべて美術特捜班のチーフであるリチャード・メイに報告し、彼によって隠蔽された事実である。

第一に、わたしは何者か。

わたしの名前は、アブドラ・ラバニ。アブドラとは「神の奴隷」を意味する。わたしはイスラム教徒として生まれ、今も敬虔《けいけん》なるイスラム教徒である。しかし物心ついてから、エースという通称を名乗りはじめた。アブドラという名前を伏せることで、イスラム教徒として、アフガニスタン人としてのアイデンティティを隠すためだった。

祖父は七〇年代後半に、聖戦士軍《ムジャヒディン》によって虐殺されている。両親はその直後、わたしが生まれる前に、イギリスに亡命した。わたしは成長するにしたがい、周囲とは違う社会的属性を持つのだと、嫌というほどに理解した。イギリス人のコミュニティでつねに疎外感を抱きつつ、報道でしか見たことのない遠い未知の地アフガニスタンが、自らのルーツだとも思えなかった。

しかし両親は、イギリスに逃れたからといって、故郷に残した親族との縁が切れるわけではなかった。絶えず仕送りを求められ、ハワラを利用した送金のために、なけなしの金を奪われていた。わたしは両親の苦労を間近で見ながら、自分がすべきことについて考えた。イギリス国籍であり、アフガニスタンのこともよく知らない自分の役割——その答えを求めて、わたしは警察学校に入った。

当然、祖国を裏切るつもりなのかと両親からは反対された。欧米に亡命しただけでも冷たい目で見られているのに、イギリス政府のために息子が働いていることが漏れたら、アフガニスタンにいる親族は徹底的に村八分にされる。運が悪ければ、祖父と同じような運命を辿るのだぞ、と。しかしわたしの動機は真逆だった。彼らを救うためにこそ、警察組織の一員になった。

イギリス人として、なにも持たないあの国に、平和をもたらすために。

テロ対策司令部への配属を希望したわたしのところに、メイがやって来た。メイは「君の能力を認めている」と言った。アフガニスタン人でもイスラム教徒でもなく、わたしを一個人として扱っている。そう感じたからこそ、わたしはメイを信じて引き受けた。美術特捜班での潜入捜査こそ、なすべき任務だと思ったのだ。

二〇〇六年夏、わたしはカブールに入った。

空港には、連合軍の指導のもと編成された考古学警察隊の、アリーという男が迎えに来てくれていた。ひとまわり年上だったアリーは、アフガニスタンでわたしの正体を知る唯一の存在だった。生活の基盤を提供してくれただけでなく、市内を案内してくれた。

ここから両親は逃げて来たのだ。強い日射しに照らされた、土埃の舞う街並みを車から眺めながら、わたしは眩暈をおぼえた。彼らの話や報道から把握していたものの、市街地は着実に復興に向かっていると感じた。商店街沿いの道路では、車やバスが渋滞し、活気に満ちている。しかし中心部から一歩外に出ると、その印象は一変した。住宅は廃墟と化し、激しい砂嵐がすべての命を一掃したような不穏さに満ちていた。

「まだ序の口だよ」

アリーは言い、カブール博物館に向かった。

博物館に隣接するダルラマン宮殿は、かつて国防省が拠点を置いていたため、大部分が崩壊していた。戦いの最前線にあった博物館も、傷痕は生々しく、博物館とは名ばかりだった。壁には銃弾の痕があり、鉄柵は簡単に侵入を許している。

アリーはまずここの惨状を知ってほしいと、わたしに館内を案内した。多くの展示ケースは叩き破られたまま放置され、たった今蹂躙《じゅうりん》されたかのようにも見えた。このときは憤りや恐れはなく、これはどうしたのだという声だけが、頭のなかでくり返し聞こえた。博物館にはかつて十万点を超える収蔵品があったというが、多くがロケット弾によって破損しただけでなく、被害を免れた八割が盗み出されていた。

「彼らは十数人でやって来て、宝石や工芸品の展示ケースだけでなく、台座に固定された彫像までハンマーで叩き割り、奪い去って行った」

「彼ら、とは?」

「タリバンの外国人傭兵ではないのはたしかだ」

「なぜ分かる?」

「言語だよ。彼らが話していたのは、ここの住民が使っているのと同じ、パシュトー語だったから」

少したためらったあと、アリーはこう忠告した。

「アブドラ、君の言葉には、少し欧米の訛りがある。もし彼らに接触するなら、注意した方がいいかもしれない」

急に胸騒ぎがして、わたしは建物から出て、深呼吸をした。

上空に広がる、澄んだ青空を見ながら、わたしがはじめて実感していたのは、窃盗団の側につくことの意味だった。彼らのもとで潜入捜査をするには、わたしもその盗掘や破壊といった犯罪に手を染めねばならない。目の前でどのような蛮行が行なわれても、止めてはいけないし、自分も率先して行なわねばならない。当然、出発前も自らの任務について考えていたが、イギリスにいたときは書類上の計画でしかなかった。わたしは破壊された博物館を目の当たりにしてはじめて、自らに課された任務の難しさを理解した。だが、メイから与えられた以上、どんなに苛酷でも、それによって罪のない人々の命が救われるのであれば、わたしは厭《いと》わない。そう心を決めた。

アリーの言う「彼ら」を追うために、チキンストリートと呼ばれるカブール随一の繁華街の骨董市を訪れた。ここからはアリーは同行せず、わたし一人で行動した。骨董市の露店では、ラピスラズリの宝飾品、ベグラム遺跡からやって来た象牙、七色の輝きを宿す緑釉《りょくゆう》陶器など、古めかしいものが堂々と並んでいる。しかし一部は、明らかに切り取られたものや叩き割られたものだった。とりわけ大きな面積を有する店先で、わたしは商人に声をかけた。商品のひとつを指して、値段を訊ねる。

「二千」

「アフガニで？」

「冗談じゃない、ドルだ。金のないやつは相手にしてない」

「売っているものは、どうやって入手した」

商人はとたんに警戒の色を強め、まともに取り合わなくなった。

「金に困ってるんだ。どうすれば、この仕事に関われる？」

髭《ひげ》を撫でながら、わたしを品定めするように見たあと、「ここにいろ」と告げて、その場を離れた。

やがて一人の、元締めらしき男とともに戻って来た。

「回収に参加したいだって？」

「ああ」

「名前は」

「アフマドだ。アフマド・ベグム。ジャララバード郊外出身で農夫だったが、今は仕事がない。家族を養うために、金が欲しい」

わたしはメイから指示された通りの設定を口にする。

「どこで回収のことを知った」

「どこで？　そんなの、みんな知ってるさ。チキンストリートに来たのだって、方々でくり返し評判を聞いていたからだ」

元締めは部下に向かって顎をしゃくった。

やがて部下が持って来たポラロイドカメラで、元締めはわたしの顔写真を撮った。

「まずは、お前の身元を調べさせてもらう」

「なぜ疑うんだ」

「都合の悪いことでも？」

「まさか」

「明朝五時にまた来い」

元締めは言うと、去って行った。

パシュトー語がおかしいことを見破られたのだろうか。どこまで身元を調べるつもりだろう。メイが実際にジャララバード郊外に住んでいる農夫たちにまで、口裏を合わせる手回しをしているとは思えない。しかし元締めにしても、回収という危険な仕事を請け負う人員は、一人でも多い方がいいはずだ。調べるという台詞《せりふ》も、はったりかもしれない。わたしは自らを鼓舞し、明朝に備えた。

切り立った山々のうえで、空が白みはじめていた。ときおり悲鳴のような鳥の声が、冷え込んだ空気を切り裂いた。露店は撤去され、代わりに数台のＳＵＶやトラックが停車していた。その付近で、元締めが一人の男と話をしている。修行僧を連想させる、痩せた男だった。眼鏡をかけて、神経質そうな視線をわたしに向けた。

「君がアフマドだね？」

男は穏やかに言い、わたしは肯いた。

彼は元締めとともに、わたしを車から数十メートル離れた場所に連れて行った。

「君をテストしたい」痩せた男は、親しみのこもった口調で言った。「自ら回収に参加しようとするやつは、ほとんどいないのだよ、アフマド。だから君には、いくつか訊きたいことがある。手始めに、君のイスラム教徒としての資質から確認しよう。神が預言者に啓示した言葉を暗誦《あんしょう》したまえ」

「創造主なる主の御名において、いとも小さい凝血から人間をば創りなし給う」

「いいだろう、ここにおいで」

痩せた男はほほ笑むと、車のヘッドライトを頼りに、わたしを数メートル先に連れて行った。「ここで止まるんだ」と男は言った。目の前の地面に、ふたつの小さな丸い缶が埋まっていた。わたしは身じろぎもできなくなった。地雷だった。

「盗掘といえば、穴を掘ればいい、楽な作業だと思ったかな？　でも現実は違う。地雷との戦いなんだよ。アフガニスタンには、人口の十倍にも及ぶ地雷が眠っている。とくにわれわれが仕事をしている地域には、集中的に埋まっているのだ。だから死を恐れる臆病者には盗掘などできない。回収に参加させてやってもいいが、その前に、君がどれほど本気なのかを示してくれ。他の参加者は、死んでも構わないという崖っぷちにいるやつらばかりだ。干ばつと内戦によって仕事を奪われ、家族が生死の瀬戸際に置かれている。だからわれわれの命令にも捨て身で従う。しかし君は自ら志願したうえに、どうも必死さに欠ける。これは遊びではないんだ。いざ盗掘する段になってのこのこ逃げ出されては、こちらも困るのだよ」

「もちろん、本気です！」

「であれば、君の覚悟を、まずは見せてくれないかな。目の前にある地雷のうち、一方は不発地雷で、一方は安全ピンを抜いた本物だ。不発地雷を踏めば、君は晴れてわれわれのメンバーに迎えられる。だが、不運にも本物の方を踏めば、気の毒だが、ジャララバードに帰ってもらう。安心してくれ、この地雷は命までは奪わない。もちろん、われわれと接触した以上、どちらも踏まずに帰るという選択肢はない。踏まなければ、君は死ぬ。さぁ、アフマド。今われわれの目の前で、右か左、AかBかの地雷を踏むんだ」

男は言って、わたしの背中を押したあと、数メートル先に離れた。

「君の運命を、神に委ねろ」

これはイスラム教徒としての試煉《しれん》でもあるというのか。徐々に薄明かりに包まれていたが、太陽はまだ渓谷に隠れている。闇のなか、どちらも真新しく、見た目に違いはない。もし潜入捜査官であることを見抜かれていたら、両方爆発する可能性だってある。踏まずに切り抜ける方法はないか。考えろ、考えるんだ。

乾いた風は冷たいのに、汗が噴き出す。

「待ってください！　それだけ地雷が多いなら、回収の最中に大勢が使い物にならなくなるのでは？　だったら、あなたたちだって一人でも多くのコマが欲しいはずだ」

「その通りだよ。しかし先日、君と同じように、珍しく自ら回収に参加したいと名乗り出た男がいてね。その男は、われわれの組織がどのように盗品を流通させているのかを調べるために、アメリカの捜査機関から協力者として雇われた、アフガニスタン人の裏切り者だったのだよ。おかげでわれわれは大きな損害を被り、仲間たちが死んだ」

そう言って、男は眼鏡を押し上げた。

「わたしはスパイじゃない！　わたしはここアフガニスタンで生まれ育った、ただの農夫です。飢えた家族のために、カブールまでやって来ました。盗品を転売すれば、金になるという噂を聞いたからです。命なんて惜しくない。でもここで金も得ず、ただ傷ついて帰るのは嫌です！」

男は苛立ったように、腰から銃を抜き、わたしに向けた。

そして淡々と説く。

「僕は君を信じよう。だから君も信じるんだ。君は今ここで生まれ変わる。神の奴隷として、本当になすべきことをなすために。君には、目に見えないもの、未知のものを信じる勇気があるか？　それは人としての証でもある。死んでもいいと思えるものがあるからこそ、人は本当の意味で人になれる。信じなければ、なにもできない」

さっきまでの温厚さは消え、レンズの奥の目は濁っている。

銃の安全装置を外す音が聞こえた。

「時間をくれ」

「死にたいのか」

心臓が破裂しそうだった。

こうなったら、踏むしかない。

左足を上げて、一歩前に、大きく踏んだ。

――あいつらは最初に、地雷を踏ませることがある。

アリーから、じつは聞いていた。

――回収に志願すれば、きっと彼らは君に、二者択一で地雷を踏ませる試験を課すだろう。踏めなかったやつは、そのまま殺される。でも踏めば、彼らに度胸を証明することになる。度胸のあるやつを、彼らは決して無駄にしない。だから両方とも不発地雷なんだ。もし地雷を踏めと言われたら、言われた通りに踏むこと。ただし演技はしろ。生きるか死ぬかの選択を強いられているわけだから、限界まで拒まなくちゃいけない。そのうえで、意を決したように踏むんだ。

地雷は爆発しなかった。

痩せた男は銃を下ろし、こちらに近づいて肩を叩いた。

「僕はザーヒルだ。よろしく」

「こ、こちらこそ」

「トラックへ」

ザーヒルはそう言って、ＳＵＶに乗り込んだ。ザーヒルとは、事前にメイから名前を訊いていた、シンジケートの主要メンバーの一人だった。まずはザーヒルの信頼を得よう。そうすればいずれ組織の中枢に入り、流通ルートの情報も得られるだろう。乗り込んだトラックの荷台には、一様に暗い顔をした男たちが、うずくまって肩を寄せていた。

その隙間に腰を下ろしたときだ。

わたしは息が止まった。

あることに気がついたのだ。

ザーヒルはあのとき、なんと言った？　地雷を踏ませるために、銃口を向けながら、謎めいたことを説いた。今ここで生まれ変わり、本当になすべきことをなすのだ、と。そのとき彼は、たしかに「神の奴隷」という言葉を使った。まさか彼は、わたしの本名を知っている？　ロンドン警視庁の潜入捜査官だと見抜きながら、わたしを殺さず、この盗掘に参加させたというのか？　なぜ？　本当にそうなら、わたしにそんなヒントを残した理由は？　真の目的はなんだ。いや、考えすぎかもしれない。相手を欺いているからこそ、些細なことに疑いを向け、怯えているだけでは――。

「大丈夫か、すごい汗だぞ」

声をかけられ、わたしは顔を上げた。となりに座った男が、こちらに水を差し出していた。いつのまにかトラックは走り出している。彼は農村出身の四十代であり、幼い子どもが四人いるという。

「家族は君を心配しているだろう」

わたしが言うと、彼は鼻で笑った。「なにもしなくても、どうせみんな飢えて死ぬ。しかし盗掘で死ねば、彼らは家族に金を届けてくれる」

答えが見つからないわたしに、彼は呆れたようにつづけた。

「君は自分が今どこに向かってるか、知らないのか。トライバル・エリアだぞ」

カブールから東に数時間移動した、山脈のふもとにある自治区。パキスタンでありアフガニスタンでもある、国境のグレーゾーン。同時多発テロ以降、軍部と過激派の主戦場と化し、一般人には近づけない無法地帯。それがトライバル・エリアだ。武装した兵士にあふれ、いつどこで爆撃や銃撃戦がはじまってもおかしくない。

「俺はこれで、三度目になる。本当に運がよかった。最初に出会ったやつらは、もうほとんど残ってない」

　やがてトラックはトライバル・エリアに入った。朝日に照らされ、温度は急上昇する。道沿いには広大なケシ畑がつづいていた。世にも美しく鮮やかで不正なケシの花は、麻薬の原料として一帯で大量栽培されている。トライバル・エリアは、麻薬の密造地帯でもあった。

「あのケシ畑は、欧米諸国が開放させたんだ」と農夫が言った。

「なんだって？」

「タリバンは当初、麻薬の製造を固く禁止していたのさ。でも欧米諸国はタリバンを倒すことで、ケシの栽培や麻薬の製造を合法化した。さらには、干ばつで飢餓状態にあるわれわれ市民に対しても、食料を含むライフラインの制裁を行なった。とんでもないやつらだよ」

　トラックはさらに東へ進み、停車した。見渡す限り、緑も水もない大地に、おそらく盗掘や爆撃による大小さまざまな陥没ができている。その歪《いびつ》な凸凹《でこぼこ》は、地球ではない他の惑星に降り立ったような異様さだった。

　その一帯は、一世紀から三世紀まで栄えたイラン系王朝クシャーンの遺丘だった。七〇年代まで発掘調査が行なわれていたが、今では戦争を経て放置されているのだ、と元締めは説明した。王族たちの墓だった。遺丘には、遺体とともに埋葬された装飾品や貨幣が埋まっている。さらに後世にシルクロードの要衝として栄えた都市の跡地でもあり、仏像をはじめ多くの文物が発掘されているのだ、と。

「なにか見つけたら、すぐに知らせろ。発掘品をくすねれば、即刻射殺する。つねに見張られていることを忘れるな」

元締めに言われるまま、割り振られた穴を掘り下げる作業がつづいた。はじめは暑さと渇きに死ぬほど苦しめられた。とくにロンドンと百八十度異なる天候に、わたしの身体は悲鳴を上げた。また夜になると、今度は簡易テントを通過する寒さと、闇への恐怖で眠れなかった。それでも日が経つごとに順応し、わたしはおそらく古代ギリシャからもたらされた銀貨入りの陶器の壺《アンフォラ》を発見した。

初回のキャンプが終了するまでに、参加者数名の命――トラックで話をした親切な農夫の右足も失われた――と引き換えに、仏像十五体、その他の工芸品が数十個回収された。それらはザーヒルの手によって、三グループに仕分けされた。まず文化財ではないと判断された屑は、その場で破棄された。そこそこの品はチキンストリートの骨董市など、国内のマーケットに流通させるという。そして運よく掘り出された一級品は、海外に売り捌《さば》かれることになった。

トライバル・エリアが盗掘の拠点に選ばれたのは、遺跡が多いという他に、盗品を国外に流出させるのに便利だからだろうと、わたしはこのとき理解した。陸地に囲まれたアフガニスタンの国境線は、取り締まりが不可能なほどに長い。窃盗グループは国境線上にある、険しい山脈沿いの抜け道を熟知していた。

帰り道、ザーヒルはわたしを呼び出した。

「君は今回の回収で、もっとも素晴らしい働きをした。また参加してもらえるかな」

疲労と混乱で、わたしは肯くのがやっとだった。

そうしてわたしは、何ヶ所もの回収にくり返し参加し、表向きにはザーヒルの信頼を得ていった。作業員としてのランクも昇格し、参加者を統括する役目に就いたのち、ディーラーとのやりとりも任されるようになった。その都度、わたしはメイに報告をした。分かったのは、以下である。

盗掘された「一級品」は、ほとんどがパキスタンとの国境を陸路で越え、最大都市カラチへと向かう。さらにカラチの港からドバイに出航し、ドバイでいったん洗浄が行なわれる。ドバイで由緒をリセットされた古美術は、その多くがロンドンに向かっていた。それらはあらゆる立場の仲介人に利益をもたらしながら、手数料が雪だるま式に膨らみ、末端価格は信じられないほど高額になる。それでも、ロンドンの市場でそれに手を出す客は、引きも切らないようだった。

わたしは流通品のリストとともに、なにがいつどこに輸送されるのかを、メイに正確に報告した。盗掘組織はスパイの存在を疑い、何度か危うい状況にも陥ったが、ザーヒルはわたしをチームから外さなかった。

やがてわたしは、空港で盗品を検挙するのではなく、金持ち連中に摑ませてから、彼らを逮捕すればいいのではないか、と思うようになった。しかしメイの返事は「イギリスにはそういった法律が整備されていない」だった。イギリスはじめ先進国には、盗品を買う悪党どもがあふれているのに。彼らのせいで、罪のない農夫たちが地雷や銃弾で傷つくのに。国際社会は、責める相手を完全に間違えている。なぜ自分たちはただの「もの」のために命を削らねばならない。トライバル・エリアに眠る秘宝は誰の者だ。ここにいる者は今日食べるものさえないのに、富める者たちの欲望に命がけで踊らされているだけではないか。

わたしはあるとき、一体の仏像を回収した。それは二十インチにも満たない、痩せ細った石像だった。これまでどの仏像を見ても、心はさして動かされなかった。そうしなければ潜入捜査官として、精神を保っていられないからだ。

しかし痩せた仏像は、わたしを激しく動揺させた。

黒い片岩に刻み出された身体は、十数世紀も前につくられたにもかかわらず、強烈な迫真性を帯びていた。眼のくぼみの奥でこちらの内側を見抜くようにひらかれた瞳は、自己と戦うイスラム教徒をも連想させる。なににも犯されず、誰にも侮辱することのできない、気高く聖《きよ》らかな表情だった。

わたしはその仏像を、ザーヒルに渡した。

キャンプからカブールへと戻る道すがら、ザーヒルはわたしにこんな話をした。

「ガンダーラというのを、君は聞いたことがあるかな。ガンダーラとは、古代王国の名前で、仏像がはじめて生み出された地域だ。しかもギリシャ彫刻から色濃く影響を受けているから、西洋人にも人気が高いうえに、仏教文化の根付いたアジア諸国にも、高額で売り捌ける」

「この辺りは、仏像の発祥地だったんですか」

「ああ、不思議だと思わないか？　なぜ仏教の本場であるインドではなく、辺境の地であるガンダーラで、それほどの仏教美術が花開いたのか。研究者のあいだでさえも、謎とされるらしい。それまで仏陀は、法輪や台座などで象徴的に暗示され、人間の姿では表されなかったからね。突如としてこの地で、高度な技術によって細緻に彫られた、写実的な人体像がつくられはじめた」

「ずいぶんと詳しいんですね」

「もとは神学者だったんだ。学生の頃、教員さえもコーランしか読んだことのない者ばかりだったが、僕は聖書や仏典にも目を通している。イスラム教は、キリスト教や仏教とも密接なつながりがあるから、じつに興味深いよ。ちなみに君が今回発掘したのは、悟りを開くべく、苦行を重ねたものの、苦行では悟りを得られないと知ったときの釈迦だよ。そこから釈迦はすべてを放棄し、欲を捨て、執着しないという教えを得る。イスラムの教えとまったく同じだ」

ロンドンにいた頃、盗掘を行なうような輩は、無教養で野蛮な犯罪者か、イスラム過激派ばかりだと思っていた。しかしザーヒルは、アッラーを妄信していなかった。仏像を見れば即刻破壊するような反偶像崇拝のテロリストとは異なり、信仰というものに多角的に向き合っている。だからこそ、仏教のみならず、宗教や文化に詳しく、深い考察を加えていた。それほどまともな人物が、なぜ祖国の宝を流出させるのか、はじめのうちは奇妙でならなかった。

「ところで、君はなぜガンダーラで仏像が生まれたんだと思う？」

ザーヒルに訊ねられ、首を左右にふった。

「争いがあったからだよ。昔からこの地では、民族間の争いが絶えなかった。仏教美術をはじめ、さまざまな文化芸術が花開いたのは、まぎれもなく争いの賜物だ。逆に言えば、争いがなければ、こうした美術品は生まれなかった。苦しみによって、人々は誰も現実に見たことのない釈迦の姿を追求し、祈りや夢を込めて、美しく表現しはじめた。みじめで醜《みにく》い現実のために死ぬよりも、尊く美しい幻想のために死んだ方が、ずっと楽だからだ」

この国を訪れて、わたしはモスクやサラートといったものの概念を覆された。ロンドンでもモスクに通っていたが、差別的な目を向けられながらこそこそと行なう祈禱《きとう》とは、まったくの別物だった。

大勢の信者とともに、荘厳なモスクの門をくぐり、植え込みのある回廊を抜けると、中庭に出る。四方を壁に囲まれた、外から断絶された静かな空間だ。見上げれば、青々とした空が広がり、天と地のはざまで浮遊している心地がする。中庭には、礼拝前に顔や手足を清める水場がある。

さらに、素足で石造りの床を歩いて、ひんやりとした堂内に入る。モスクには、本尊も祭壇もなく、中心は存在しない。あるのは軸線で、背の高いドーム型の天井には、アラベスクが無限に展開される。人々は壁につくられた聖龕《ミフラーブ》に向かって祈禱する。像もなにもない空白のくぼみこそが、イスラム教徒にとっての信仰の中心なのだ。

聞こえるのは、暗誦者の美しい節回しだけだ。朗々とコーランの章句を吟じ、区切りのたびに人々がどよめいて、その波動が辺りを震わせる。イスラムの礼拝では、身体さえあれば足りる。余計な道具や装飾は要らない。

もっともそれを実感したのは、盗掘の最中に行なわれたサラートだった。建物も道路もない、山脈に囲まれた大地で、われわれは裸足になって、各自メッカに向かって手をついた。遠くから聞こえるのは、風の音、水のそよぎ、鳥のさえずり、それらに自身の読誦の声が重なる。敷物も、コーランもいらない。ただただ神に向かってひれ伏す。

雄大な自然のなかで、自らの存在など無に等しかった。そうした時間の積み重ねにより、わたしの魂は徐々に解放された。いつ死ぬかも予測できない状況にもかかわらず、自分のなかは不思議なほど、平和と静けさで満たされていった。はじめの頃の不安や疑念は、遠い昔話のようだった。神を身近に感じるほど、波が浜辺に吸収されるように、あらゆる苦悩が鎮まった。

なぜ盗掘を行なうのか。

わたしの問いに、ザーヒルはこう答えた。

——争いを生むのは、ものへの執着だよ。われわれはそれを逆手にとっているんだ。先進国社会は裕福で、ものにあふれている。あふれすぎていると言ってもいい。しかし彼らは幸せか？　答えは否だ。理由は、信仰がないからだ。彼らに神はいない。本物の神はものにではなく、人の精神にこそ宿る。

トライバル・エリアから盗掘されたシルクロードの至宝は、イギリス市場で今も売買されている。その買い手には、今回盗んだ二点の持ち主も含まれる。もし彼らが、アフガニスタンの地に介入しなければ、歴史はまったく違っていたことだろう。

なにより危機的なのが、人々がその惨状に関心を失いつつあることだ。

美術品はそれを象徴する。人々はゴッホやフェルメールといった、白人社会のつくりあげた巨匠に興味を向けるばかりで略奪された秘宝のことには目もくれず、ろくに議論を進めようとしない。金持ちや権威の手中にある作品よりも、今も搾取されつづける傷ついた作品たちを、どのように修復し、未来に残していくかを、優先して考えるべきではないか。

3

「事実ですか、ここに書かれたことは」

窓の外は闇に包まれていた。

マクシミランが訊ねると、メイ警部は肯いた。

「しかし彼の本当の目的は？　アフガニスタンに盗品を戻しても、それらは守られません」

「彼はすでにザーヒル率いるシンジケートに寝返り、われわれを混乱に陥れることが目的なのだろう」

メイ警部は静かに答えた。

「いえ、それも納得がいきません。潜入捜査がどれほど苛酷だったとしても、美術特捜班に恨みを抱く動機になるでしょうか？　彼だって、あくまで刑事としての任務だと理解していたはずです。いくら現実に憤慨しても、自主退職したのは彼の方だし、われわれを恨むなんてお門違いだ」

「違うんだ」

一拍置いて、マクシミランは声を低くした。

「まだなにかあるのですか」

「警視庁は潜入捜査官になぜ彼を選んだと思う？　なぜ戦地に送ったか？　それはまぎれもなく、彼がアフガニスタン系だったからだ。彼は自主退職したが、その直接的な理由は他にあった。そのあと美術特捜班から除名され、他にポストはないと聞かされたんだ」

マクシミランは青ざめ、鋭い目線をメイ警部に向けた。

「あなたを信じて苛酷な任務をやり遂げた、部下との約束を反故《ほご》にしたんですね」

「これだけは言っておくが、最初からそのつもりだったわけじゃない」

「しかし中東系の彼を雇ったのは、その任務に就かせるためでしょう？　昇進をちらつかせながらも、任務が終わればアフガニスタン系は用なし。警部の、いや、ロンドン警視庁の人種差別が、エースにとどめを刺した」

　マクシミランの口調は静かだった。

「たしかに君の言う通り、そこに人種差別的な力が働いていなかったといえば、嘘になるだろう。だが、それも仕方のないことだったのだ。彼が帰国した頃、立て続けにイスラム過激派によるテロ事件が起こり、ニュースでは連日のようにその映像が流れていた。市民のあいだには、中東系に対する憎悪やイスラム恐怖症が蔓延していたのだよ。私は彼を美術特捜班に残留させるつもりだったし、しかるべき昇進をさせてやりたかった。しかしそんな状況で、どうやって上層部の決定を覆し、私一人の意思を押し通すことができる？」

　メイ警部はマクシミランから目を逸らすと、こうつづけた。

「それに彼自身の問題もあった。エースには優れた刑事の素質があったが、潜入捜査がはじまると私とも少しずつ噛み合わなくなった。五年間の任務を経て、彼がまだわれわれに忠実かどうか、私にさえも判断がつかなくなっていた。その証拠に、手記を読めば、彼は明らかにザーヒルに洗脳されている。つまり彼はザーヒルに泳がされていた、もしくは、とっくの昔にザーヒルに寝返り、二重スパイとしてわれわれにあえて盗品を検挙させていたと考えることもできる。もしそうなら、今回の脅迫は彼らにとって総仕上げだ。解雇に追いやらずとも、結果は同じだった。エースは悪と戦ううちに、悪に染まったんだ」

捜査官がメイ警部のところにやって来て言った。「時間がありません。ヒースロー空港へ向かいましょう」

＊

エースが指定した期限は、その日の深夜だった。すでに地下倉庫から飛行機へと大量のクレートが運び込まれ、出発を待っている。一方で、エースが持ち去った絵画二点の行方は、依然として手がかりさえ摑めていない。

スミスもハワードも、要求に応じるべきだと強く主張した。アフガニスタンの血に汚れた骨董品よりも、西洋社会が誇る名画の方が各段に重要で、作品が無事に戻らなければロンドン警視庁の責任であると訴えた。一方、警視庁の上層部は、数十年かけて集めた盗品を流出させるなど言語道断、犯人が元刑事であると分かった以上、警察組織の威信をかけて、要求に応じるべきではないとの意向のようだ。

ヒースロー空港周辺は、報道陣が占拠していた。動画サイトで「公開処刑」ならぬ「公開破壊」をされた絵画が、またヒースロー空港の地下倉庫に人知れず眠っていた遺産が、どのような行く末を辿るのか、犯人からの要求に警視庁は応じるのか、といった内容を報じている。いずれも深刻さに欠け、お祭り騒ぎとも言えるのは、今回の事件が人命の関わるものではなく、美術品をめぐる非日常な事件であるせいだろう。

カブール博物館の館長から、ロンドン警視庁に連絡があったのは、警部が要求に応じない意思を固めたときだった。市内でカンファレンスに参加していたという館長は、数十分後にヒースロー空港のオフィスに到着した。イスラム教徒の男性がよく身に着けている白いペロン・トンボンではなく、紺色のスーツ姿である。

「アッサラーム・アレイクム」

館長はマクシミランとイスラム圏のやり方で挨拶を交わし、デスクについてメイ警部と向かい合った。

「時間がないので、単刀直入に申し上げます。さきほど、エースという人物から連絡がありました。ヒースローから今夜出航する積み荷の受け取り手に、カブール博物館を指名したい、とのことです」

思わず、晴香はスギモトと顔を見合わせた。

「私もとつぜんのことで驚きましたが、事件のことはニュースなどで追っていましたので、なにか協力できないかと思っていたんです。エースは私に、メイ警部に直接このことを伝えてほしい、と」

　警部はしばらく考えたあと、困惑した様子でこう訊ねた。

「空港の地下にある作品は、すべてアフガニスタンの文化財ですし、いずれ返還されるべきです。しかしカブールに平和が戻ったとはとても言いがたく、博物館に戻っても、また略奪や破壊の被害に遭ってしまうのでは？」

　館長は深く肯いた。

「しかしエースの提案は、意外なものでした。カブールの空港に到着した作品は、現地の博物館にすぐに戻すのではなく、あくまで博物館の所蔵品として、全世界の博物館を巡回させてはどうか、と。つまり盗品という括《くく》りではありますが、ひとつの展覧会を構成させるというのです。たしかに彼の提案は、私どもにとっても、これ以上ありません。美術特捜班のみなさんのおかげで、いくつかは出自の確認や修復まで済んでいるし、質量ともに並外れていますから」

「しかし、その費用は？」

「今回の事件は、世界中で報道されています。おかげでシルクロードの至宝を守りたいという美術館や篤志家たちから、すでに何件も連絡を受け取っています。これまであまり知名度の高くなかった、アフガニスタンの文化財についての状況が、一般の注目を集めたからです。彼らに相談をすれば、展覧会ひとつ巡回させるなど簡単でしょう」

館長いわく、すべての巡回に何年かかるかは分からないが、会期が終了してもなおアフガニスタンで不安定な情勢がつづいていれば、スイスのバーゼル州にあるアフガニスタン美術館が、それらの収蔵品を引き受け、しかるべきタイミングまでケアをすると約束してくれたという。

「そのアフガニスタン美術館は、中東の文化を愛する私の長年の同胞たちが、個人の財産とスイスの支援者から寄せられた基金で設立した、中立的な組織です」

メイ警部は頭を抱えつつ肯く。「アフガニスタンからの難民を積極的に受け入れている都市ですからね」

館長は身を乗り出して言う。

「メイ警部、今まであなた方美術特捜班が、アフガニスタンの盗品を回収し、ひそかにこの地下倉庫で保管してくださっていたことに、われわれは深く感謝しています。しかしつぎのステップに進むときが来ました。事件を起こしたエースは、ゴッホの《ひまわり》を切り刻むなど、残忍で許しがたい犯罪者には違いありません。しかしここで要求を突っぱねたところで、イギリス警察としても、国際社会から批判を浴びるだけではないでしょうか」

ややあって、警部は答える。

「少し席を外していただけますか」

館長は肯くと、部屋を出て行った。


会議室に残ったマクシミランに、メイ警部は訊ねる。

「どう思う」

「本来なら、館長からエースの足跡を辿りたいところですが、もう時間がありません。要求を呑むしかないのでは？」

「いや、罠かもしれない」

渋い表情をしている警部に、スギモトは同調する。

「民間顧問の立場から申し上げても、交渉に応じるのは危険だと思います。たしかに館長に伝えられた提案に従えば、シルクロードの至宝は守られるでしょう。しかし今も行方の分からない二点は？　地下倉庫のクレートを館長に引き渡したところで、あの二点が無事に戻ってくるという確約はありません」

そう主張するスギモトを手で遮り、マクシミランは警部に向かって反駁《はんばく》する。

「今まで捜査官が何度も交渉すべく、相手への連絡手段を探ってきましたが、いずれも難航し、足取りを摑めておりません。われわれに残された選択肢は、犯人側の要求に応じることしかないのでは？　むしろ今応じなければ、二度と交渉するチャンスはないかもしれない。ブラジルで盗まれたマティス、史上二番目の規模で起こったパリでの美術品盗難など、迷宮入りした事件の多くが、同じような轍《てつ》を踏んでいます」

「だが、相手はテロリストだぞ？」

「それはまだ分かりません、警部。エースはあなたのために、そしてイギリスのためにアフガニスタンで五年も苛酷な任務に従事した、元刑事です。私もあそこに行ったので分かります。紛争地に送られた彼が、ロンドンのオフィスでモニター越しに現地を見ているあなたと嚙み合わなくなったとしても、私には理解できます」

　警部はマクシミランを睨む。

「なんだって？」

　しばらくマクシミランを見据えていたが、諦めたように首をふった。

「今は争っている時間はない。そこまで言うなら、エースのねらいはなんだ？　なぜあんな手記をわれわれに残した」

「地下倉庫の盗品の存在を世間に明らかにし、カブール博物館に返すこと。あの手記をわれわれ美術特捜班に公開して、自らの元刑事としての名誉を守ろうとしたともとれます。だとすれば、絵画を廃棄したり売り捌いたりする気はないはずです」

マクシミランの熱弁を、警部は黙って聞いている。

時計の針は、刻一刻とリミットに近づいている。

警部は顔を上げると、思考を整理するようにこう言った。

「たしかにカブール博物館の館長からの申し出は、これ以上ない提案だ。今ここで館長とも決別すれば、二点の絵画の奪還は限りなく不可能になり、すべてが最悪の結果に終わるだろう。地下倉庫の盗品が世の中に認知されてしまった以上、警視庁もなんらかの対応策を準備しなければならない。ここで取引を成功させれば、なにより美術特捜班の解体は避けられる。よし、アブドラとの交渉に応じよう」


夜のヒースロー空港は、滑走路に沿ってまばゆい誘導灯が灯されていた。赤や緑に灯るいくつもの機体が、曇った夜空の下で待機している。そのなかには、すべてのクレートを積み終えて、カブール空港への出発を待つ中型機もあった。エースが引き渡し場所に指定したのは、今では使われていない滑走路である。見晴らしがよく、周囲に高い建物はひとつもないので、銃撃戦に発展する危険はない。その滑走路にもっとも近い格納庫二階のオフィスから、晴香たちはメイ警部とともに行く末を見守る。美術特捜班の刑事たちは、中型機から少し離れた現場で待機している。

やがて制限区域内に、一台の車が入ってきた。

降り立ったのは、武装した護衛と操縦士らしき中東系の集団だった。彼らはゆっくりと飛行機に向かって歩いて行く。メイ警部は無線機で「絵画二点を引き渡せと伝えろ」と、現場にいる通訳に指示する。無線機から、聞き慣れない言語が流れる。

「飛行機が離陸してからだ、と言っています」

「いや、先にここにあることを確認する」

ふたたび彼らの言語でやりとりされ、通訳がこう伝える。

「こちらの指示に従え。飛行機を離陸させれば、必ず在り処を伝える。離陸する前にこちらを拘束すれば、絵画二点は戻らない、と」

「作品はここにないのか？」

「別のところに保管してあるそうです」

「約束と違うじゃないか！」

緊迫した空気が流れる。メイ警部は「行かせろ」と呟いた。男たちが全員飛行機に乗り込む。機体が動きはじめ、離陸に向けたスタート地点へとゆっくり移動する。しかしエースからの情報がいっこうに届かない。このまま機体を逃してしまえば、交渉の材料を失うだけだ。

中型機は離陸のスタート地点に着いた。

「連絡は？」

「まだです」

「向こうは要求を拒むつもりか」

「もう少し待ちましょう」

マクシミランの声が聞こえる。

中型機は前進をはじめた。

「駄目だ、もう待てない。飛行機を止めろ！」

メイ警部が言い、滑走路で待機していた点検車両が、中型機の行く手を阻む車体のバリケードをつくろうと動きはじめた直後、美術特捜班のスマホがいっせいに鳴った。

「エースからです！　作品は、例の地下倉庫にある、と」

「すぐに確認だ。バリケードはいったん解除」

スギモトと晴香はすぐさま地上に下り、待っていた刑事たちの車に乗り込んだ。車は例の地下倉庫のある建物へと向かう。作品の在り処が分かり次第、コンサバターが真贋とダメージを確かめるという段取りだった。

しかしエースはどうやって、あの地下倉庫に作品を？

スギモトが疑っていた「内通者」の存在も、明らかにされていない。

外に出ると、轟音を立てて中型機が離陸するところだった。夜空に飛び去るのを見上げながら、晴香はスギモトのあとを追う。案内された建物の階段を駆け下りると、長い廊下の突き当たりが騒がしい。

「なぜマスコミがいるんだ」

スギモトは汗を拭いながら呟く。

たしかに廊下では、数名の男女がカメラを向けて待ち受けていた。

マイクを持った女性が、カメラの前でレポートしている。

「こちらはヒースロー空港の地下倉庫前です。たった今絵画二点が返還されようとしています。取引の現場では、警視庁美術特捜班と犯行グループによるやりとりが行なわれましたが、現場は切迫しており――」

「ここは進入禁止だ」

あとからやって来た制服警官が、退去を命じる。

「取材許可をいただきました」

「そんなわけがない」

警官がマスコミを追い払おうとする傍ら、スギモトはこう呟いた。

「なにかがおかしい」

「え？」

ドアが開いた。その向こうには、がらんとした暗い空間が広がっていた。照明が点灯される。壁の一番奥に、二点の平面作品が小型のクレートに立て掛けられていた。

間違いない。

遠くから見ても分かる。

その二点は、盗まれた《ひまわり》と《少女と手紙》だった。

しかも《ひまわり》はあの動画で目撃した通り、三輪のうち一輪が四角く切断されている、正真正銘スミスのコレクションだ。

晴香は安堵する。

「二点は無事です」

マクシミランが無線で伝える。

「早く作品の真贋とコンディションを確かめましょう」

しかしスギモトは晴香を無視して、思いつめた表情で立ち止まっている。

マクシミランの呼びかけにも応じない。

「どうしてここにマスコミがいる？　誰がここに呼んだ？　なんの目的で……まさか、これは罠だっていうのか」

「え、それって――」

晴香がその先を言うよりも前に、スギモトは倉庫に声を張り上げた。

「手を触れるな！　俺たちはエースに嵌《は》められた」

絵画の数メートル先まで歩み寄っていた刑事たちが、こちらをふり返った。

その瞬間、どぉんという爆音がした。

つぎに感じたのは、頭痛だった。

頭蓋骨に直接響くような、耳鳴りがする。

口のなかで、血の味がした。

とにかく煙臭い。

息を吐いて、ゆっくりと瞬きをする。目の前にあったのは、リノリウムの床だ。手をついて、なんとか上体を起こすものの、視界は一面霞んでいる。硝煙のせいか、それとも衝撃を受けて目が眩んでいるせいか。

やがて靄の向こうに、何人かが倒れているのが見えた。なにが起こったのか、徐々に理解する。なにかが爆発したのだ。なにかが――作品は？　奥では、真っ赤な炎がめらめらと上がっていた。

まさか、そんなわけがない。

しかし真っ先に浮かんだ考えを、否定することができない。

「なぜ消火設備が作動しない」

倒れている晴香の脇を、消火器を持った警官が、炎の方に向かって走っていく。晴香は自分でも出所の分からない力が湧いて、反射的に立ち上がって駆け寄ろうとするが、背後から腕をきつく摑まれた。

「行くな！」

晴香を引き留めたのは、スギモトだった。

彼も腕に傷を負っている。

「作品が燃えてるんですよ、行かせてください！」

「諦めろ」

「スギモトさんがコンサバターとして終わっちゃう――」

「お前の命の方が大事だ！」

スギモトは晴香の肩を揺さぶり、まっすぐ目を見て言う。

「それにもう手遅れだ」

煙とともに、火の粉が上っている。ひらひらと舞う灰のなかに、《ひまわり》の鮮やかな黄色を見る。木っ端みじんになった黒焦げの破片のひとつは、《ひまわり》に用いられたアール・デコ調の額縁に酷似していた。そして目の前に落ちてきた燃え殻は、繊細な筆致で表現された、手紙を書く女性の手の部分――フェルメール作品の一部だった。

スマホの画面で再生される爆破の光景は、まるで映画のワンシーンでも見ているみたいに非現実的だった。その場に居合わせたマスコミが撮影したその動画は、早くもインターネット上で拡散されている。晴香は茫然自失だった。現場には救急隊や消防隊が駆けつけていた。ヒースロー空港は全便欠航となっている。空港は一時封鎖され、警察が念のため他にも危険物がないかを確認していた。

不幸中の幸いで、死者や重傷者はいなかった。晴香も頭を打ったものの、軽傷で済んでいた。もとからエースには人を殺す意図はなく、絵画が大破する量の爆薬しか仕掛けられていなかったのだろう。

遠くで、頭を抱えるマクシミランがスギモトと話している姿が見えた。さきほどマクシミランから、本当に病院に行かなくていいのかと念を押されたが、晴香は首を縦にはふらなかった。たとえ燃えてしまったとはいえ、作品のことが気になったからだ。まだ少しでも修復できる可能性があると信じたかった。

しかし炎が上がったとき、ガス系消火設備は作動しなかった。作動していれば、その場にいた人々の命に危険が及んでいたわけだが、おかげで作品は、消火器の液体による水害で深刻な二次被害を受けていた。

やがてマクシミランとの会話を終えて、スギモトがこちらに近づいてきた。

「怪我は？」

「大丈夫です、私は」

「倉庫の入口を開けたあと、自動的に起爆する仕掛けになっていたらしい」

慌ただしく警察や救急隊が行き来するのを眺めながら、二人はしばらく沈黙した。

どうして防げなかったのだろう。

明らかな罠だったのに。

エースはあの建物に警察をおびき寄せ、手記を読ませたあと、カブール博物館館長を通じて交渉を持ちかけ、平和的解決を望んでいるように見せかけた。あの交渉は警察を油断させ、交換に応じさせるための布石だったのだろう。だからこそエースからの提案は、あれほどまで国際社会に譲歩していた。潜入捜査官としての彼の不遇な過去や、アフガニスタンの情勢に同情する、マクシミランをはじめとした警察側の心理を逆手にとり、エースは絵画を爆破する映像を全世界に流すという目的を達成させた。それこそが彼の一番のねらいだったと今なら分かる。しかし晴香には、どうしても受け入れられない。

「なぜこんなにひどいことを……警察は要求に応じたのに」

「それが彼のイデオロギーだったんだろう」

「イデオロギー？　こんなの、イデオロギーでもなんでもありません！　いかなるイデオロギーを持っていようと、こんなことをするのは間違っています。エースにとってあの二点は白人のつくりあげた不均衡なシステムの象徴かもしれない。でもアートこそ、人々の偏ったイデオロギーや価値観を問い直して、相互理解を生む存在じゃないですか。こんな風に暴力で奪い合ったり、傷つけたりするものじゃない！」

しかしいくらそう唱えても、作品は二度と戻らない。

その事実が、晴香をさらに気落ちさせる。

スギモトは一瞬なにかを言いかけたが、そのまま口を閉じた。

「なんですか」

「いや、なんでもない」

とつぜん身体を抱き寄せられた。

「え、なに、急に」

「ごめん、俺も動揺してて」

声が震えている。この事態に傷ついているのは、彼も同じなのだ。そう気がついたとたん、憤りや悲しみで張りつめていた晴香の心が、少しずつほどけた。あまりの混乱で、自分の気持ちばかり彼にぶつけてしまったことを反省する。

「とにかく君が無事でよかった」

こんなに狼狽えているスギモトを見たことがなかった。炎に飛び込もうとしたとき、本気で制止された。彼は意外なくらい怖い顔で、強く腕を摑んでいた。しかし晴香は作品のためというよりも、スギモトのために作品を守りたかった。思い返すと、彼に対する気持ちの大きさに驚かされる。自分よりも大切な存在——そんな人と出会ったのは、晴香の人生ではじめてだった。

彼の鼓動を聞きながら、晴香は手を伸ばし、その背中をさすった。

「スギモトさんも、怪我の手当てをしてもらいましょう」

「いや、俺は——」

「駄目です、行きましょう」

そのとき、彼のスマホが受信した。

彼は身体を離し、うんざりしたように息を吐いた。

「……スミスだ」

立ち上がって、少し離れたところで電話に出る。

これで彼のコンサバターとしての人生も終わりである。でもスミスになんとか分かってもらえる方法はないだろうか。この五日間、スギモトは手を尽くした。悪いのは彼ではなく犯行グループなのだと、スミスに弁明できないか。

「本当ですか！」

彼はとつぜん大きな声を出した。

そして頭に手をやり、右往左往してから通話を切ると、晴香にこう言った。

「スミスの入院する病院に、作品が届けられたらしい」

「作品って？」

「あの《ひまわり》だよ、しかも無傷で」

いったいどういうことなのだ。

混乱のあまり、晴香は咄嗟に返事ができない。

「聞いたか？　《ひまわり》が戻ったんだぞ！」

「そ、それが事実なら最高のニュースですけど、本物だっていう確証はないですよね？　だって爆破される直前、この目でしっかりと見たんです。あの《ひまわり》は一部が切られていました。犯人の撮った動画に登場したものと同一です。それは絶対に、間違いありません」

「でもスミスいわく、額縁に貼られた来歴のステッカーまですべて同じで、まぎれもなく彼自身が所有していた作品だというんだ。だからテレビで《ひまわり》が爆破された映像が流れているのを見て、心底驚いているって。とにかく俺は病院に向かうから、君はマクシミランに報告してくれ」

4

一ヶ月後、ナショナル・ギャラリーの特別展示室で、とある特別展の準備が進められていた。同じ展示室には、同館の所蔵品である十五輪を描いた《ひまわり》の他、ターナーやモネが並び、壁に掛けられるのを待っている。

特別展の主役は、帰還したスミスの《ひまわり》だった。

爆破事件のあと、スミスのもとに届いた一枚は、改めて科学分析にかけられた結果、本当にゴッホの真作と判定された。しかも戻って来たのは《少女と手紙》も同様だ。スミスからの電話の直後、ハワードからマクシミランのもとに「自宅に作品が届いた」という連絡が入った。いずれの宅配業者も、トラッキングを申請すると架空の偽アカウントであることが分かり、差出人も不明だった。

巷では、思いがけない事件の幕引きに、さまざまな憶測が飛び交っている。「とんでもなく人騒がせないたずらだった」とか、「犯行グループのなかに道徳的な考えを持った裏切り者がいた」とか。いずれにせよ、二点とも無傷で戻って来たという事実に、メイ警部をはじめロンドン警視庁や美術業界の人々は、胸をなでおろしていた。

スミスの《ひまわり》は、半世紀以上行方不明になっていた名画という評判に加えて、強盗から無事に奪還されたため、公開前からSNSなどで、世界中の美術ファンの注目を集めている。盗難の被害に遭った作品は、結果的に「盗まれるほど価値がある」という証明を得られ、所有者であるスミスの怒りも鎮まった。

結果よければすべてよし――。

そんな表現がぴったりな、あっけない終わり方だった。しかし一ヶ月が経っても、首謀者とされるエースの居場所は不明のままだ。空港倉庫の監視カメラの映像も、肝心な箇所はカットされていた。

とはいえ、盗品群は無事にカブールから離れ、ひとつ目の巡回先であるベルリンの博物館に向かっている。カブール博物館の館長やスタッフが命がけで立ち上げた展覧会は、中東の惨状を世界に伝える機会にもなるだろう。

表向きには丸くおさまったものの、多くの点で腑に落ちない。

そもそも本当に犯人は、エースだったのか。

もし何者かが、エースを犯人に仕立て上げていたなら。

ふり返れば、エースが首謀者だという証拠はない。あの手記を発見したら、美術特捜班の刑事たちがエースを犯人だと思い込むのは自然な流れだ。特捜班にとって、彼の存在はうしろめたい過去だからだ。すべてはエースを嵌めて、彼の陰で犯行を行なうための偽装工作だったとすれば、とんでもない黒幕が別に存在することになる。

でも晴香には、うまく道筋が立てられない。

最後に爆破が起こったことが、混乱の最大理由だった。

こんな終わり方でいいのだろうか。

いや、考えすぎかな——。

戻って来た日常を素直に喜ぶことにして、作業に集中する。

午後、展示準備に立ち会うため、車椅子に座ってスミスが現れた。展示された《ひまわり》を見つめる彼は、発作を起こしたときに比べると、健康状態は目に見えてよくなっている。全快したわけではないが、車椅子で外出できるまでになった。秘書に代わって車椅子を押しているスギモトに、スミスは言う。

「一九九〇年に開催された、ゴッホの回顧展を思い出すよ。会場はここではなく、今のテート・ブリテンだったけれどね」

「あなたがスポンサーを務めた、記念碑的展覧会ですね」

「あのとき、私はまだ若かった。怖いものなど、なにひとつなかったのだ」

特別展のあと、《ひまわり》はナショナル・ギャラリーに委託され、スミスの死後は完全に所有権が譲渡されるという。

「怖いもの……それはあなたが取引をした相手のことですか」

スギモトの質問に、スミスは冷笑で返した。

「なんの話だか。私はただ自分の欲しいものを手に入れた、それだけのことだよ。世の中には、強欲であることを否定する者もいるが、強欲にならなければ、本当に望むものは手に入らない。私はそうして成功した」

スミスは断言したが、有り余る富を持ってはいても、年老いて歩行さえままならない。《バッカスとアリアドネ》の修復依頼をしてきたキュレーターが、スミスに声をかける。スギモトは秘書のアーサーに車椅子のハンドルを渡した。

スミスが去ったあと、二人は作品のコンディション・チェックを再開させる。

鼻唄まじりに作業をしているスギモトを見ながら、晴香はほっとする。彼としても、依頼主の作品が戻って来たうえ、発表間近の論文も注目を集めることになった。依頼のキャンセルも取り消され、《ひまわり》がお披露目されれば、晴香は例の図書館の古い本を修復するつもりだ。

ひと通りコンディション・チェックを終えたあと、二人はナショナル・ギャラリーをあとにした。雨が止んだ直後らしく、空気が澄んでいる。風は冷たいが、ずいぶんと日が長くなった。

「ところで、今夜の予定は？」

唐突に訊ねられ、晴香は瞬きを重ねる。

「いや、ちょっと……」

「なに、ちょっとって」

「なんでもいいじゃないですか」

スギモトはこちらをしげしげと眺めると、こう言った。

「分かった、あいつと会うんだな」

彼の読唇術は、読心術でもあったとは。

「まさか、違いますよ」

「脈拍も呼吸数も上がってる。やっぱり嘘が下手だな」

あんたが詮索してくるからだろう、という一言を呑み込む。

「お互いにスギモトさんに関わる者同士、ちゃんと知り合いたいだけです。スギモトさんが思っているような、浮ついた動機はありません」

「よく言うよ。それなら、どうして隠す？」

鋭い指摘に、晴香はついムキになってしまう。「ていうか、スギモトさんには懇意にしている女性が数え切れないほどいるのに、どうして私だけ男性と食事に行くことを咎《とが》められなきゃいけないんですか」

「あいつはただの男性じゃない、俺の従兄で、かつ既婚者だぞ」

「何度も言いますが、そういうつもりじゃないですから！」

スギモトは無表情でこちらを見据えたかと思うと、「じゃあ、楽しんでくれば」と鼻で笑った。その一方的で上から目線な態度が、あまりにも自分本位に感じたので、事件後「連れて行きたいところがある」というマクシミランからの誘いに、乗るかどうかを決めかねていた晴香の心は、それならば言われた通りにしてやる、という方向に大きく傾いた。

「じゃ、そうします」

「ご自由に。君とはもう話したくない」

そう言い捨て、彼はさっさと大通りの信号を渡って行った。不機嫌そうな姿を見送りながら、晴香は深々とため息を吐く。ソーホーで買い物をしたかったが、万が一でも鉢合わせしたくはないので、地下鉄《チューブ》に乗ることにした。

空気の澱んだチューブの車内で、晴香は考え込む。

事件後、スギモトとの関係がますますしっくり来ない。

彼の陽気さは戻ったし、事務所は軌道に乗りはじめた。それなのに、彼がなにを考えているのか、てんで分からないときがある。そのせいで、些細なすれ違いや言い争いも増えていた。今のやりとりがいい例だ。

――ところで、今夜の予定は？

あの奥歯に物が挟まったような口調はなんだろう。言いたいことがあるなら、はっきりと伝えてくれればいいのに。たまにこちらの出方を窺うような、妙な距離のとり方をされる。爆破のあとに抱きしめられたときは、心が通い合ったと感じたけれど、単に非常事態のせいだったのか。

生活も仕事もほとんど一緒なので、晴香はスギモトのちょっとした変化に気づかざるをえない。隠しごとがあっても、同じ部屋で仕事し、同じテーブルで食事する。そのため、違和感は解消されないどころか、口に出されることのないまま時間の集積のなかに埋もれるが、消えてなくなるわけではなく、少しずつ溜まって低気圧のように不調をもたらす。

――喧嘩するほど仲が良いってことなんじゃないの？

事件のあらましを報告するついでに、そのことを話すと、アンジェラにあっけらかんと片づけられた。

――うーん、喧嘩とも違うような。

肩を落とした晴香に、アンジェラはなにかを察してこう言った。

――彼のことがよく分からないっていう気持ちは私にも憶えがあるけど、ケントはあなたのことを大切に思っている。それだけは信じてあげてね。

意味深な一言が、どうも引っかかっている。

アンジェラいわく、スギモトが人を信じられないのは、小さい頃に母親を喪《うしな》ったせいではないかという。誰かを大切に想うほど、失ったときに傷つく。そのことを痛感し、誰かに全幅の信頼や愛情を寄せる前に、無意識に自制してしまう。女癖の悪さも、人を信じられない寂しさの裏返しでは、というのがアンジェラの考えだった。

西ロンドンの外れに位置するレストランは、肩ひじを張りすぎずカジュアルすぎず、気持ちのいい接客だった。イギリスで食べたことのない美味しい料理に、晴香は皿が運ばれるたびに衝撃を受けた。たとえば蒸したラム肉は鼻に抜けるような香ばしさとともに口のなかで溶け、特有の生臭さがまったくない。

「ぺろっと食べるから気持ちいいね」

目の前にいるマクシミランは、感心したように言う。

「こんなに美味しいお店、はじめてです」

「よかった、ここは僕が知るなかでも、評判のいい店だから。君は料理好きだし、この国の食文化にはモノ申したいところがありそうだったから、一度連れて来たくて」

「ありがとうございます」

それにしても、この店の素晴らしいところは、おそらく伝統的なイギリス料理をベースとしつつ、絶妙な加減で、フレンチや中華といった多国籍な要素を融合させている点にありそうだ。フラットに帰ったら、どうやって真似してみようかと考える。

あの人も少しは従兄を見習い、こういう味覚を持ってくれればいいのに。彼の関心はかなり偏っていて、興味の対象はとことん突き詰めるのに、食事のようにその対象から少しでも除外されると、時間の浪費だと見做《みな》される。今頃〈猫とバイオリン〉で、油っこいフィッシュ・アンド・チップスでも食べているのだろうか——。

「ケントのこと考えてる？」

マクシミランに指摘されて、晴香はわれに返った。

「あ、いえ」

マクシミランはほほ笑んだ。

刑事としての厳しさはない。

「あれから、少しは休めましたか」

「美術特捜班は慢性的に人手不足だから、今夜は久しぶりの息抜きだよ」

「そうでしたか、息抜きになってよかったです」

――今回の事件は、あいつにとってもよかったんじゃないか。

スギモトから聞いたことを思い出す。

――事件が起こる前、異動願を出すべきか迷ってたんだよ。それもあって俺を民間顧問に誘ったらしい。でも今回のおかげで、メイ警部が志を持って立ち上げたこの組織も、刷新が必要だと気づかされたって。

たしかに《ひまわり》の修復中、うちに来たマクシミランは、スギモトと二人きりで話をしに行っていたが、そんなことを打ち明けていたとは。捜査中も彼は、エースに特別な想いがありそうだった。あんなに動揺したり、冷静な判断を欠いたりするとは意外だった。アフガニスタンでの従軍経験を思い出すのだろうか。しかし面と向かってエースの話題を出すには、まだ遠慮してしまう。

「このあいだケントとの関係に悩んでたけど、解決した？」

いいえ、と晴香は苦笑した。

「逆に悪化しています。私が居眠りしたせいで今回の事件が起こったたっていう理由もありますけど、それ以上に、根本的にずっと隠しごとをされている感覚があって、全然信用してもらえないんです。今日ここに来る前も、冷たく突き放されました」

少し考えてから、彼は「なるほどね」と頬杖をついた。

「どう思いますか」

「ケントが君を信用できないと言ったり、突き放したりするのは、君を試しているからかもしれないね」

「試すって、助手として？」

「いや、本当に心を許していい相手なのかどうか」

「なるほど……でもどうして」

「やっぱりアンジェラが原因かな」

「え？」

「アンジェラとなにがあったか、訊いてない？」

マクシミランは意外そうに眉を上げた。

動揺しながら、晴香は首を左右にふる。

理解のあるマクシミランのことだから、こちらから質問すれば、彼の知る範囲のことを教えてくれるだろう。しかし晴香は躊躇する。知りたい反面、知るのが怖いからだ。第三者の口から聞いて、変に誤解するのも避けたい。だからできればスギモト本人から聞きたかった。でも秘密主義の彼は、なにも教えてくれない。

「でも二人は今も、すごく信頼し合っているように見えますが」

しばらく沈黙が流れた。

気落ちする晴香に、マクシミランはフォローを入れる。

「アンジェラのことは忘れて。話を戻そう。今言ったこと、試される側からすれば悲しいよね。ケントは昔から用心深くて、どんなに慕ってくれる相手がいても、妙な『試し癖』でその関係を壊すことがあった。君との関係を見聞きする限り、なにも変わってないな。そんなことをくり返していたら、自分もまわりも不幸にするだけなのに。しかも質が悪いことに、自覚はある。でもどうしてもやめられない。一種の依存症だな」

店員がやって来て、感じのいい笑顔で皿を下げていった。

晴香は息を吐いて、なるべく明るく言う。

「まぁ、私はあの人にとって恋人でもなければ、ただのアシスタントですから。それにああいう女性にだらしない雇い主とは、一定の距離を保った方がいいんだろうなって思います。そうしないと周囲から変なレッテルを貼られるし、助手としてわきまえるべき領分もありますよね」

マクシミランは黙って、こちらを見つめてくる。

晴香は首を傾げて、ほほ笑んでみせた。しかし彼は笑みを返して来ない。ただ黙ってこちらをじっと見るだけだ。なんだろう。なにか気に障ることでも言っただろうか。不安になってきたとき、彼は小さく息を吐いた。

「ほんとに、あいつは馬鹿だな」

そう呟くと、彼は店員に手を挙げた。

「もうケントの話はよそう。今は二人きりで、彼はここにいないから」

「そうですね」

「これから、どうする？」

晴香は返答に詰まる。

正直なところ、もう少しマクシミランといたかった。

なぜなら彼は、スギモトに似ているからだ。この数時間、テーブルを挟んで向き合ってていたが、系統は違っても、顔のパーツの造形だけでなく、ふとした表情のつくり方や仕草などに、同じ遺伝子を受け継いでいると感じる。そうした面影を認めるたび、晴香の欲求は満たされる。スギモト本人には自制せざるをえない感情も、マクシミランになら安心して抱けるからだ。

「よかったら、僕の家に来る？」

しまった、と晴香は思った。

今夜はそういう雰囲気になる前に、フラットに帰るつもりだったのに。

「ここから近いんですか」

「うん、歩けるよ」

彼は席から立つと、「とりあえず、出ようか」と言った。もしや彼は、最初からそのつもりでこの店を選んだのだろうか。だとすれば、親切心でこちらに手を差し伸べていると見せかけて、本当は自分のことしか考えていないのでは。そもそも事件の最中には、自分は彼から捜査のために利用されていると感じた。刑事としての側面は、今は隠れているにせよ、本当のところはよく分からない。

気持ちよく晴れた夜だった。近くの公園から、緑の香りが漂ってくる。まもなく市内のあちこちで、春の花が咲き乱れることだろう。二人がいるのは少し高い丘で、谷間になった通りを行き交う車の光が一望できた。

曲がり角でマクシミランは立ち止まった。

「僕の家はこっちで、駅はあっちだけど」

晴香は答えに窮し、夜景を眺める。

彼の家に行けば、観察力のあるスギモトに必ず勘づかれる。そうなれば、自分たちの関係の大事ななにかが、確実に壊れることだろう。しかし今の晴香には、マクシミランの誘いをきっぱりと断れるほどの気丈さはなかった。この際、マクシミランが雇い主の従兄だとか、既婚者だとかいった社会的要因は、どうでもよかった。すべては晴香自身の心の問題だった。今回の事件を通じて、またスギモトとの関係を通じて、晴香はいろいろなことが分からなくなっていた。

自分が情けない。

決断力はある方だが、このことに関しては、答えが定まらない。

頭がぐらぐらしてきた。

「あんまり考えすぎなくてもいいいんじゃない」

考えすぎ──。

事件のことが、なぜかまた頭をよぎった。

犯人の目的は、結局なんだったのだろう。作品二点の破壊だったのか、それとも平和的解決だったのか。まるで二重人格のように、事件の最中もふらふらと行ったり来たりしていた。とくに最後は支離滅裂で、警察捜査を攪乱《かくらん》させた。ひょっとして、本当に二重人格だったとすれば。

「どうかした？」

マクシミランに訊ねられ、今度はスギモトの台詞が降って来た。

──自分が正しいと思ったことを、どんな手段を使ってもやる。そのためには、組織にいたら都合が悪いんですよ。

マクシミランの匂いが漂う。香水ほどきつくはなく、男性用化粧品の類でもない。使っているシャンプーか洗剤か。その匂いを確かめながら、スギモトはあの台詞を、どこで言っていたか。そうか、ヘルの勤めていた修復工房だ。

──あとで科学分析にかけますが、おそらく本物です。

切断された花の部分がＭＥＴに届いたとき、彼は即座にそう口にした。

さまざまな場面が、脳裏を駆け巡る。

事件中のスギモトの考えは、よく分からなかった。いや、事件が起こる前からずっとそうだった。まさかそれも「試し」ていた？　彼にとってこの事件は、結果的に丸くおさまったわけではないとすれば。

――ケントはあなたのことを大切に思っている。

最後にアンジェラからの助言につながり、とある仮説が成立した。

「ごめんなさい、今日は行けません」

「え？」

「今すぐ確かめなくちゃいけないことがあって」

晴香はマクシミランの返事も訊かずに、タクシーの往来する大通りに向かって走り出した。

*

ベイカー・ストリートのフラットは、窓の明かりが消えていた。屋上に上がると、スギモトの姿があった。晴香の家庭菜園のとなりで、折り畳みベンチを置き、天体望遠鏡を覗いている。観測に適した夜や、仕事に行き詰まった夜に、よく一人屋上に出て望遠鏡で星や月を見るのだ。

「珍しく雲ひとつない夜空ですね」

彼の肩がかすかに動いた。

晴香は彼のところに近づく。

「ずいぶん帰りが早かったんだな」

「はい。スギモトさんに訊きたいことがあって――」

スギモトは望遠鏡から目を離さず、手でその先を制した。そして「これで完璧だ」と呟くと、「ほら」と言いながら立ち上がり、晴香にベンチをゆずった。指示された通り、ベンチに腰を下ろして、望遠鏡を覗く。輪のなかにおさまった土星が、丸いレンズにくっきりと捉えられていた。

「すごくきれい」

「だろ？　夕方の空を見たとき、気流がよかったから、今夜は一年で一番っていうくらいの観測日和《びより》だと思ったんだ。カッシーニの空隙や南赤道縞まで、こんなにはっきりと目視できたのは、俺もはじめてだよ」

晴香は顔を上げて、「今夜の予定を確認したのは、これを見せたかったからですか」と訊ねたが、スギモトはそれには答えなかった。

「さて、まだ観測記録をつけ終わってないから、席を代わってくれ」

「待ってください」

晴香はベンチに腰を下ろしたまま、彼を見上げた。

「怖い顔だな。言っとくけど、君と従兄の関係を詮索するつもりはなかった。君が明らかに嘘をついていたから、指摘したまでで――」

「違います、私が訊きたいのは別のことです。本当はスギモトさんがエースと共謀したんでしょう？　絵画二点を盗んだのも、ヒースロー空港に隠されていた盗品を解放させたのも、全部」

スギモトの答えを待たずに、晴香はつづける。

「ちょっとした違和感は、何度も抱いていたんです。たとえば、どうして私はあの夜、強盗が来ても目を覚まさないくらい熟睡していたのか。どうして業界でもほとんど共有されていない最新情報を、犯人は知っていたのか。《ひまわり》の在り処を知っていたのは、私たちとアンジェラ、マクシミランとスミス、その秘書だけでした。

最大の違和感が、エースから途中で送られてきた、切断された《ひまわり》の一部を見て、スギモトさんほどの修復士が、フェイクだと気がつかなかったことです。普通だったら簡単に見分けられたはずですよね？　だからこそ周囲の全員が、切られたのは本物の《ひまわり》だと信用してしまったわけですし。本当は、あのフェイクもスギモトさんがつくったもので、科学分析の結果も差し替えていたんじゃないですか」

　スギモトは無言で腕組みをしている。

「証拠だってあります。今さっき事務所を捜索したら、スギモトさんがフェイクをつくったときの材料と残骸が、あっさり出てきました。まるで私に気がついてほしいと言わんばかりに、堂々と棚に仕舞われていた」

　それを発見したとき、彼に対する不信感や怒りは小さくなった。

「黙ってて、悪かった」

　ついに白状したスギモトに、晴香は首を左右にふる。

「私が助手になったのは、あなたを尊敬してるからです。きっとなにか理由があったんでしょう？　だからこそスギモトさんは私に、何度かヒントをくれていた。私の方こそもっと早く気がつくべきでした。でも分からなかったんです。スギモトさんにはすぐに見えることでも、私には時間がかかるから」

「とはいえ、気がついた。どこまで分かった？」

「とにかくあの爆発は、スギモトさんの仕業じゃない。《ひまわり》の一部をナイフで切断したのも、エースの独断だった。でもスギモトさんはそれを見越して、犯人グループにはレプリカを渡していた。違いますか？」

彼は満足げにほほ笑むと、ベンチのとなりに腰を下ろして、抜けるように高い晴れた夜空を見上げた。望遠鏡を通せば、くっきりと輪まで分かる土星も、肉眼では砂粒のようなきらめきでしかない。

「話してもらえませんか。どうしてこんなに危険な計画を実行したのか。エースは何者なのか。そもそも本当に存在するのか？　スギモトさんに見えている世界を、私にも少しは共有させてください」

「カブール博物館の館長とは、大英博物館に就職する前からの付き合いなんだよ。ユネスコの主催するバーミヤン行きの合同ミッションに参加したことがきっかけでね。世界中から文化財保存事業を進める専門家が集まって、グループが組まれた。今ではそのミッションも終了して、アフガニスタンの現状に目を向ける人は少なくなっているけど、細々と関係をつづけていた。

はじめて会ったとき、館長はこう言った。自らの文化が生きつづける限り、その国は生きながらえるってね。それを聞いて、俺はこの人のために、この人の国のために、なにかしたいと思った。だから大英博物館を辞したあと、真っ先に連絡をしたんだ。組織にいたら難しくても、フリーになればできることもある。渡英した館長と会ったとき、つないでもらったのが元美術特捜班刑事のエースだ」

「エースと会ったんですか！」

「ああ。彼の手記も、最後のところは一緒に考えた」

「今回の計画のことに、マクシミランさんは？」

スギモトは目を逸らし、笑みを浮かべた。

「安心しろ、あいつはなにも知らない。正義感が強くて、組織を裏切るようなタイプじゃない。内通者の存在をほのめかしたのも、彼からこちらの注意を逸らすためだ。でも今回の事件は、警察から民間顧問に抜擢されたからこそ計画できた。彼らがヒースロー空港の地下倉庫に手つかずのまま、とんでもない数の盗品を隠し持っているという話を館長やエースから間接的に聞いて、どうにかしなくちゃいけないと思った。というか、どうにかできるのは俺しかいないってね」

「なるほど。具体的な計画を思いついたのは、いつだったんです」

「少し経ってからだよ」

「さては、スミス氏がうちに来たときですね？　ロールスロイスに乗って」

「君が言うと、ロールキャベツみたいに聞こえるな」

「茶化さないで」

晴香がぴしゃりと言うと、スギモトは笑った。

「最初に思いついたのは、ハーグのオランダ国立公文書館に勤めている、アストリッドという旧友から連絡があったときだ。彼女はロンドンで修復を学んだあと、紙専門のコンサバターとして祖国で働いていてね。フェルメールに関する新たな古文書が発見された、と興奮気味に電話してきたんだ。そしてアストリッドから聞いた詳細から、近々ハワードが所蔵する《少女と手紙》がフェルメールの真作として、再発見されることになるだろうと踏んだ」

「それで、学会での動向を追って、ここぞというタイミングで、ハワード邸から盗み出す計画を立てたわけですね」

「ああ、闇市場のシンジケートとつながりがあるエースにとっては、プロの窃盗グループに依頼するなんて朝飯前だった。ただしフェルメール一点だけでは、あれほどの量の文化財と天秤にかけるには、十分な重みがあるとは言い切れなかった。フェルメールとはいえ新たな真作で、価値はそこまで浸透していない。警視庁を動かすほどの二点目を準備する必要があった。だから十分な取引材料を得るために、機を待つことにした。そうして、絶好の獲物がうちに来た」

「《ひまわり》ですね。あの頃、スギモトさんがほとんどの依頼を断っていたのが、つぎなる獲物を待つためだったとは」

たしかにはじめて実物の《ひまわり》を見に行ったとき、彼のスイッチの入り方はいつも以上だった。単に作品に反応していただけではなく、じつはこの計画を実行すると決意していたからこそだったのか。

　スギモトは肯いた。

「ただし、ハワードが頻繁には滞在しない郊外のカントリー・ハウスにあるフェルメールと違って、《ひまわり》はホテルのレジデンスで厳重に保管されている。そのままの状態で窃盗するのは、かなりのリスクを伴う」

「だから口実をつくって、ベイカー・ストリートに持ち帰った、と」

「盗み出す予定だった最終日に、君が工房で見張りをしたのは予想外だったから、睡眠薬を君のグラスに仕込ませてもらったよ」

「どうりで、ものすごく深い眠りだったんですね。それに、事件前にアンジェラが来たのも偶然じゃなかったんでしょう。彼女だけはこの計画を知っていて、わざと捜査を混乱させるような行動をとって協力していた。違いますか？」

「よく分かったな、それも俺が考えたシナリオだ」

　晴香は釈然としない。

「《ひまわり》が切られたときだって、私がMETで泣いているのを見て、どう思ってたんですか？　あのときの涙も返してほしいものです。爆発現場でも、いい加減打ち明けてくれればよかったのに」

「それは真剣に謝る。俺だって、罪悪感でいっぱいだったよ」

「ほんとに？」

そう言いつつ、晴香は口ごもる。

空港で唐突にこちらを抱きしめたのは、そういう理由だったのか。彼の方でも、本当のことが喉まで出かかっていたのかもしれない。しかし怪我を負わせてまで騙しつづけていたと思うと、やはり素直に受け入れられない。

「私のこと、本当に信頼できないんですね」

「それは違う。君は信じるとか信じないとかいう問題にこだわってるが、単純に、君が嘘が下手で、あまりにも顔に出る性格だから黙っていたんだ。しかも万が一失敗したら、君まで責任を問われるだろ？」

「それが本当だといいんですが」と晴香は肩をすくめた。「話を戻しましょう。二点を同時に盗み出させたあと、エースは思いがけない行動に出たわけですよね。それがあの犯行声明の映像。でもエースが盗んで切り刻んだ《ひまわり》は、スギモトさんがつくったレプリカだった」

「その通り。エースはカブール博物館にシルクロードの至宝を返却し、ワールドツアーに巡回させるという案には賛成していたが、絵画二点の所有者に対して、なにも報復しないという確証を、俺は持てなかった。だから保険をかけて《ひまわり》と《少女と手紙》のレプリカを準備した。あのとき切られたのが《少女と手紙》じゃなくて、本当に幸運だったよ」

「まさか、あの映像にうつっていた《少女と手紙》は、本物だったんですか」

「ああ、あのときすり替えていたのは、《ひまわり》だけだよ」

「《少女と手紙》はいつ交換を？」

「《ひまわり》が切られ、女子刑務所でヘルとの二度目の面会を終えた直後だ。俺は犯行グループのアジトに行き、彼らの目を盗んで交換した。まさか人前で爆破させるなんて、想像もしなかったけどな。エースの暴走は止められなかった」

「でも作品は守り切れた」

「おかげで俺はエースから少し恨みを買ったことになる」

彼は苦笑した。

「でも待ってください、ヘルのことは？　あの義手の修復士に会いに行く必要はなかったですよね。どうしてそんな回り道をしたんですか」と言ってから、晴香ははっとする。「もしかして、彼女のことも助けるつもりだった、とか？」

「彼女は塀のなかにいるべき人間じゃない。彼女ほどの能力があれば、今後もたくさんの作品が救われるはずだ。それに俺は、ヘルがなにか悪いことをしたとは思ってない。目の前の作品を、その出自や由来にかかわらず、ただ馬鹿正直に修復してきただけだ。だから助けたくなった」

「それで釈放を条件に、わざとエースのことを訊きに行ったわけですね」

スギモトは肯いた。しかし彼いわく、彼の父——椙元氏とヘルのつながりは、依然として不明瞭なのだそうだ。ヘルと椙元氏がどこで知り合い、なにをして、ヘルがどんな経緯で義手を入手したのか、彼にも分からないという。

さまざまなことが腑に落ちたせいで、最後に残った小さな引っかかりに、晴香ははじめて思い至る。屋上から見える住宅街やオフィスビルの光、公園の緑、大通りを行きかう赤いバス——ロンドンそのものだ。見慣れてきた風景なのに、奇妙にうつる。

「あの」

「うん？」

「スギモトさんは、お父上からの信念を引き継いで、美術品はあるべき場所に戻すべきだっていう思想を持った人だって、今回改めて理解しました。そのためには、自分が正しいと思ったことを貫くって。でも本当にそれだけ？　なにか別の動機があって、闇市場のシンジケートに近づこうとしてるんじゃないですか」

「考えすぎだ」

そう遮った彼の表情は、半分影が差してよく見えなくなった。

――小さい頃に母親を喪ったことが、影響してるんじゃないかしら。

――アンジェラとなにがあったか、訊いてない？

スギモトの過去を、晴香はなにも知らない。なぜなら彼は自身のことを、ほとんど語ってくれないからだ。だが、彼は以前に受けた傷を修復しようとしているのではないか。そう気がついたとたん、彼を孤独にさせたくないと強く感じた。たとえ自分は彼の助手に過ぎないとしても。

「ひどい顔だな」

「だって」

さまざまな感情が入り混じり、うまく言葉にできない。

スギモトは手を伸ばすと、晴香の涙を優しく拭った。

「つらいなら、辞めればいい」

「そんなこと言わないで。もう後戻りなんかできません」

ふっと笑って、彼は「知ってる」と答えた。

彼の肩越しに、夜空を見上げる。無数の星のなかに、土星は消えていた。それでも暗さに慣れてきたおかげで、さっきよりも星の数が増えていた。どの星も微妙な明暗の差があって、同じ光量のものはひとつとしてなかった。

エピローグ

「この粉で、タコヤキができるの」

子ども用エプロンを持参したジュリーが、キッチンで「たこ焼き粉」と書かれた日本語のパッケージをしげしげと眺めながら訊ねた。

「そうだよ」

「わたしでもつくれる？」

「うん、混ぜて焼くだけだから」

ジャパニーズ・アニメに登場した、美味しそうなたこ焼きを自分も食べてみたい。アンジェラの一人娘であるジュリーからの、そんなリクエストに応えるために、晴香は日本製のたこ焼き機を取り寄せていた。

アンジェラとは、スギモトの計画に彼女が関わっていたと知ってから、じっくり二人で話をして、結果友人としての関係は少し強くなっていた。アンジェラが本当のことを隠していたのは、捨て身でスギモトに協力していたからであり、なによりこちらを守るためだったと気がついたからだ。それにスギモトとの仲も回復したと伝えると、心から喜んでくれている様子だった。だから母娘が来ることを楽しみにしていたのだが、昨日アンジェラから仕事の急用が入ってしまったという連絡があったため、ジュリーはこの日、一人でフラットに遊びに来ていた。

――たこ焼きは別の日にして、娘はシッターに預けようか？　あの子、とっても楽しみにしてたんだけど。

――私はジュリー一人でも大丈夫だよ。楽しみにしてたなら、尚更。

という流れで、今朝ジュリーがフラットに送迎されて来た。

スギモトは打ち合わせで不在である。

ジュリーの小学校はイースター休暇らしい。せっかくの休日に、母親と過ごせなくて寂しいのではないかと心配したが、本人はケロッとしている。ベビーシッター文化の根付いたお国柄だけでなく、ジュリー自身の気質もありそうだ。

「ねぇ、ハルカはここで一人暮らししてるの」

「あと一人、男の人がいるよ」

「ママも知ってる人？」

ジュリーは晴香に手伝われながら、小さな手でたこ焼き粉をボウルにうつす。最初のうちは、はじめての家に緊張していたのか、口数も少なかったけれど、市場に新鮮なタコを買いに行ったり、作業を進めたりするうちに、会話がつづくようになってきた。どうやらなにかをつくるのが好きらしい。

「うん。ママのお友だちで、ケントっていうの」

「なんだ、ケントか。それなら、わたしも知ってる。生意気なおじさんでしょ」

「生意気！」

晴香は笑った。

子どもに生意気と呼ばれるとは、同情する。

でも大人びたところのあるジュリーには、「生意気」なのだろう。

それにしても、ジュリーはスギモトにとって元カノの娘だ。アンジェラは元カレに、自分の娘を何度か会わせているのか。晴香はアンジェラから夫の話をほとんど聞いた例しがないが、いくら大人の関係とはいえ、夫はこの状況をどう思っているのだろう。晴香はますます二人のことが分からなくなる。

とはいえ、目の前のジュリーは楽しそうに、数十センチの台のうえに立って、計量器で水を測っている。

「そうだ、いいことを思いついた。今日のたこ焼きには、タコだけじゃなくて、いろんな具材を入れてみない？」

「いろんなって」

「ソーセージとか、チーズとか」

何度か瞬きしたあと、ジュリーは大きな目を輝かせた。

「やってみたい！　チョコレートも入れていい？」

「チョコ？　そ、そうだね、案外美味しいかも」

ジュリーはキッチンのカウンターで、計量した水と卵をボウルに入れた。晴香から泡立て器を手渡されると、ジュリーはそれを受け取って、しばらく物珍しそうに観察する。

「なんていうの、これ」

「英語で？　うーん……シャカシャカ？」

「シャカシャカ！　分かった」

途中、生のタコをつまみ食いするジュリーをたしなめたあと、晴香はダイニングでたこ焼き機を温める。当初は、ジュリーにタネの流し込みをお願いしようと思っていた。しかし万が一にでも、この天使のような少女が火傷《やけど》してしまったら、と気後れした晴香は、生地を転がすところを手伝ってもらうことにした。

油を塗った穴に流し込まれたタネのうえに、ジュリーが好きな具材を並べる。さらにタネを追加したあと、くるくると竹串で回す。第一弾が出来上がろうとした頃、三階にスギモトが入ってきた。

「アンジェラのお嬢だ。なにしてるんだ？」

にやにやしながら近づいてきたスギモトに、ジュリーはつっけんどんに言う。

「教えない」

しかしスギモトは意に介さず、テーブルのうえを見て「たこ焼きか。でも色がおかしいやつがあるぞ」と言った。

「ああ、中身がチョコレートのやつですね」

「たこ焼きにチョコ？　そんなの聞いたことないぞ」

と言って、スギモトはげらげらと笑った。自らのアイデアを否定されたジュリーは、数秒青ざめた顔でスギモトを見ていたかと思うと、「ケントは食べなくていい！　他のも食べさせてあげない」ときっぱり言った。

「まぁまぁ、シュークリームみたいなもので、美味しいんじゃない？」

晴香に宥められ、機嫌を直したジュリーは、スギモトとともに第二弾に取り組む。大皿に山盛り二回分が完成した頃、アンジェラもフラットに戻って来た。プレートを囲んで、みんなでテーブルにつく。

「あらやだ、これ、甘いんだけど」

たこ焼きを口にしたアンジェラが、顔をしかめて言った。

「チョコ入れたんだ、美味しいでしょ」

「そうね……変わった味かしら」

アンジェラは冷静に感想を口にした。晴香はジュリーがまた機嫌を損ねるのではないかと心配したが、彼女は「うっそー、失敗しちゃったかな」とあっけらかんと言う。母親からの意見は、素直に受け入れるらしい。

「それにしても、大人三人子ども一人じゃ食べきれないな。スギモトさん、もっと食べてください」

「え、俺が？」

「そうだよ、ケントはあと百個食べないと」とジュリーは肯く。

「そんなにないだろ、お嬢」

ジュリーとじゃれ合うスギモトを見ながら、アンジェラが「こうやって集まると、一足早いイースターのお祝いみたいね」と言う。たしかにイースターのタコパである。そのとき、呼び鈴が鳴った。

「まだ人が来るのか」

「いえ、私は呼んでませんけど」

私もよ、とアンジェラは首をふる。

「わたしが見てくる」

ジュリーが勢いよく椅子から下りて、アンジェラも立ち上がる。「あの子、ずいぶんはしゃいでるわね。よっぽどたこ焼きづくりが楽しかったのかしら」と苦笑しながら、アンジェラは晴香に礼を言った。

つぎの瞬間、階下からジュリーの悲鳴がした。

いったい何事か。

ジュリーが誘拐でもされたら最悪だ。アンジェラにつづいて、晴香も玄関口に走って下りる。すると怯えるジュリーと向かい合っているのは、アジア系の初老の男性だった。身長は高くなく、身なりも冴えず、片手に酒瓶を持っている。一瞬ホームレスにも見えたけれど、誰かによく似ている。

「おい、孫がいるならなぜ言わないんだ、ケンちゃん！　しかも美少女」

孫？　ケンちゃん？　ていうか、この人呂律《ろれつ》がまわっていない。

晴香がふり返ると、スギモトが頭を抱えながら答える。

「いやいや、落ち着けって。あんたの孫じゃないから」

もしかして、この人が――。

考える暇もなく、男性はアンジェラに向かって、「久しぶりだね、美しさに磨きがかかっていて感激だよ」と目を細める。

「ご無沙汰してます」とアンジェラは男性と軽いハグを交わした。「ご病気と伺っていましたが、お元気そうでなによりです」

男性はアンジェラとの挨拶を終えると、オープンな人柄が伝わる笑みを浮かべ、晴香を見据えた。

「はじめまして、君が晴香さんだね？　噂はかねがね聞いてるよ」

日本語でそう言ったあと、彼は両腕をひらいた。

え、私もハグしろってこと？

晴香は狼狽えながら、お辞儀をするに留めた。

「ん、いい匂いがするぞ」

「たこ焼きをつくったんです。ね？」

男性はアンジェラにしがみついているジュリーと目を合わせる。

「楽しそうじゃないか、おじいさんも混ぜておくれ」

「ぜひ。食べきれないくらい量があって――」

アンジェラとのやりとりを見ながら、晴香はそれにしてもと思う。

ひょうきんなおじいさんが脇に抱える、明らかに作品らしき箱はなんだろう。いつだったか、マクシミランがこのフラットを訪ねてきたときと同じく、厄介なことがまたはじまりそうな予感がして、スギモトの方を見る。おそらく彼も同じことを思ったのだろう。晴香よりも先に口をひらく。

「なにしに来たんだよ、父さん」

この作品は書き下ろしです。原稿枚数420枚（400字詰め）。

幻冬舎文庫

●好評既刊
コンサバター
大英博物館の天才修復士
一色さゆり

大英博物館の膨大なコレクションを管理する天才修復士、ケント・スギモト。彼のもとには、日々謎めいた美術品が持ち込まれる。実在の美術品にまつわる謎を解く、アート・ミステリー。

●最新刊
奈落の底で、君と見た虹
柴山ナギ

蓮が働く最底辺のネットカフェにやってきた、場違いな美少女・美憂。彼女の父親は余命三カ月。父親の過去を辿ると、美憂の出生や母の秘密が徐徐に明らかになり――。号泣必至の青春小説。

●最新刊
麦本三歩の好きなもの　第一集
住野よる

麦本三歩には好きなものがたくさんある。仕事で怒られてもチーズ蒸しパンで元気になって、お気に入りの音楽で休日を満喫。何も起こらないけどなんだか幸せな日々を描いた心温まる連作短篇集。

●好評既刊
聖者が街にやって来た
宇佐美まこと

人口が急増する街で花屋を営む桜子。十七歳の娘が市民結束のために企画されたミュージカルに出演することに。だが女性が殺される事件が発生。不穏な空気のなか、今度は娘が誘拐されて……。

●好評既刊
明日なき暴走
歌野晶午

報道ワイド「明日なき暴走」のヤラセに端を発する連続殺人。殺人鬼はディレクターの罠に嵌り生中継で犯行に及ぶのか。衝撃の騙し合いクライム・サスペンス！（『ディレクターズ・カット』改題）

コンサバター

幻《まぼろし》の《ひまわり》は誰《だれ》のもの

一色《いっしき》さゆり

令和3年1月15日　初版発行

発行人――石原正康
編集人――高部真人
発行所――株式会社幻冬舎
〒151-0051東京都渋谷区千駄ヶ谷4-9-7
電話　03(5411)6222(営業)
　　　03(5411)6211(編集)
振替00120-8-767643
印刷・製本―中央精版印刷株式会社
装丁者――高橋雅之

幻冬舎文庫

ISBN978-4-344-43050-1　C0193　い-64-2

幻冬舎ホームページアドレス　https://www.gentosha.co.jp/
この本に関するご意見・ご感想をメールでお寄せいただく場合は、
comment@gentosha.co.jpまで。